자서전 쓰기로
찾는 행복

자서전 쓰기로 찾는 행복 (2022개정판)

지은이 ‖ 민경호
펴낸이 ‖ 민경호
펴낸곳 ‖ 세계로미디어
초　판 발행일 ‖ 2014.2.10.
개정판 발행일 ‖ 2022.1.20
주　　소 ‖ 경기도 하남시 미사강변서로 16, F836호 (하우스디 스마트밸리)
등록번호 ‖ 214-90-20659
등록일 ‖ 2000.2.12
전　　화 ‖ (02)763-2159
팩　　스 ‖ (02)764-7753
홈페이지 segyeromedia.modoo.at
ISBN 978-89-90530-75-2(03810)

정가: 16,000원

자서전 쓰기로
찾는 행복

민경호 지음

세계로미디어

 머리말

개정판을 내면서

초판을 발행하고 많은 세월이 흘렀지만 예나 지금이나 자서전 쓰기에 대한 열정은 변함없다. 2000년부터 현재까지 자서전 쓰기 강의를 해왔으니 그 사이 22년이라는 세월이 흘렀다. 숱한 어려움 속에서도 이 강의를 지속해왔던 것은 일종의 사명감 때문이 아닐까 생각한다. '자서전 쓰기'를 강의하면서, 수강생들과 더불어 강사인 본인도 많이 성장했다. 수강생들과 많은 이야기를 나누며 그들의 삶에 동화되기도 하고, 연민을 느끼기도 했으며 많은 것을 공감했다. 우리네 삶이 그 누구에게도 녹록지 않았음을 알 수 있었는데, 그럼에도 불구하고 모두 슬기롭게 헤쳐 나가는 모습을 또한 발견할 수 있었다.

지구라는 행성에 홀로 버려진 것 같은 지독한 외로움과 맞서 싸우면서도 악전고투해가는 모습들 속에서 인간의 강인함 또한 발견할 수 있었다. 힘겹게 살아온 자신의 과거를 돌아보는 시간들을 통해 수강생들은 마음의 평안함과 힐링을 경험하게 되었다. 스스로를 가치 있는 사람이라고 인정할 때 진정한 행복이 찾아온다는 것도 깨닫게 되었다.

대부분의 일반인들은 '글쓰기'를 부담스러워하는 것이 사실이지만, 그 거부감과 두려움만 걷어내면 '자서전 쓰기'를 통해 얻을 수 있는 이점(利點)은 대단히 많다. 심리 치유 효과, 기억력 개선 효과와 함께, 후세에 교훈을 남겨줄 수 있다는 점도 빼놓을 수 없다.

'자서전 쓰기'라는 불모의 영역에 뛰어들어, 이 프로그램을 대중화시키기 위해 그간 노력한 세월들이 이젠 아깝지 않을 만큼 수많은 사람들이 참여하고 있다. 전국의 지자체, 도서관, 학교, 복지관, 문화센터 등에서 자서전 쓰기 프로그램이 진행되고 있다. 필자가 뿌린 씨는 어느 정도 거두었다고 생각한다. 그런 의미에서 이젠 만족하고 후진 양성에 매진해야 할 때가 된 것 같다.

자신의 발자취를 되짚어보며 인생의 참 의미를 찾고자 하는 사람들에게 이 책이 등대와 같은 역할을 하길 바란다.

2022년 1월. 자서전 쓰기 전문 강사 민경호

목 차

제1부

자서전 쓰기로
힐링이 되는가

01_

인생이란

우리가 잘 아는 소크라테스가 남긴 유명한 말이 있다.

"너 자신을 알라"

그런데 자서전을 쓰려고 하는 사람에게 이보다 더 와 닿는 말이 있다. 물론 소크라테스가 한 말이다.

"검토되지 않는 삶은 살 가치가 없다."

이 말의 의미를 음미해보면 인생 중에는 '검토하는 인생'과 '검토하지 않는 인생'이 있다는 것이다. 인생을 검토한다는 것은, 되짚어 생각해보고 반성하고 참회하고 용서할 것과 용서받을 일을 찾아낸다는 의미까지도 포함하고 있다. 그렇다면 이것이 자서전을 쓰고자 하는 우리에게 커다란 의미로 다가올 것이라는 것도 쉽게 알 수 있다.

아일랜드의 유명한 극작가 조지 버나드 쇼의 묘비에는 다음과 같은 문구가 새겨져 있다.

"I knew if I stayed around long enough, something like this would happen."

이것을 우리말로 번역하면 "우물쭈물하다가 내 이럴 줄 알았지."가 된다.

이것이 노벨상을 탄 유명인이 남긴 말이라고는 믿기지 않는다. 하지만 다시 한 번 생각해보면 이해가 되는 말이다. 누구나 한평생 최선을 다해 열심히 살지만 죽을 때가 가까워오면 후회한다는 것이다. '좀 더 잘 살 수 있지 않았을까?', '좀 더 현명하게 행동할 수 있지 않았을까?' 하고 말이다. 이렇게 생각하는 것이 인지상정인가 보다.

하기야 세상의 부귀영화를 모두 누렸던 솔로몬조차도 인생의 말미에는 "헛되고 헛되며 헛되고 헛되니 모든 것이 헛되도다."라고 말하지 않았는가.

그러기에 인간은 '후회하는 동물'인가 보다. 그렇지만 후회가 반드시 어리석은 일은 아니다. 그렇게 생각하는 힘을 가지고 있는 것이 인간이며 후회와 반성을 통해 새로운 삶을 개척해나갈 수 있는 것 또한 인간이기 때문이다.

괴테는 "눈물 젖은 빵을 먹어보지 못한 자는 인생을 논하지 말라."라고 까지 했다. 그의 말을 통해 알 수 있듯이 인생이란 고통이 수반되지 않고서는 언급조차 불가능한 것인가 보다. 오죽했으면 고통을 겪어본 자만이 인생을 안다고 했을까.

여러분의 삶은 어떠했는가? 행복하고 평탄했는가? 마냥 즐겁기만 하고 시련이나 두려움은 없었는가? 만일 그렇다면 그렇게 사는 것이 과연 바람직한 삶이란 말인가?

이런 문제를 생각하다보면 답을 찾아내는 것이 쉽지는 않다. 하지만 인간의 삶에서 시련과 고통을 빼놓고서는 이야기 자체가 안 된다는 것을 누구나 경험을 통해 알 것이다.

그렇다. 시련이 없어서 행복한 것이 아니라 그것을 극복해내고 승리할 수 있어서 행복한 것이다. 시련은 누구에게나 찾아오지만 그것을 슬기롭게 극복하는 사람만이 행복해질 수 있다는 결론을 내릴 수 있을 것 같다.

우리가 자서전 쓰기를 하면서 중요하게 생각해야 할 것은, 자신의 과거를 잘 찾아내고 숨김없이 표현하고 거짓이 없어야 한다는 것이다. 시련조차도 내 인생의 일부였다는 것을 인정하고 받아들이는 자세야말로 자서전 쓰기의 시작점이다. 누구에게나 찾아오는 시련을 당당하게 받아들이고 의연하게 대처하는 것만이 인생을 성공적으로 살아가는 지혜인 듯 싶다.

고난과 역경을 헤쳐 온 지난날을 감추고 덮어둘 것이 아니라 오히려 적극적으로 찾아내고 '발설'을 통해 몸 밖으로 내뱉는다면 이제껏 자신을 괴롭혀왔던 심리적 압박감으로부터 자유로워질 것이다. 바로 이것이 힐링이다.

자서전을 쓰는 작업은 스스로 자가 심리 치유를 하는 일이다. 내면 속에 깊이 잠자고 있는 잠재의식과 열정, 무의식의 세계까지 끄집어내어 자신의 본 모습을 밝히 드러내는 작업이고 이것이 자신의 정체성을 발견하기 위한 지름길이다.

이 책을 시작하면서 인생에 대한 이야기부터 풀어놓으며 자서전 쓰기의 의미와 목적과 방법을 먼저 따져보는 데는 그만한 이유가 있다. 자서전 쓰기 강좌를 진행하다보면 이것이 우선 순위라는 것을 깨닫게 되기 때문이다. 유명인들의 자서전을 연구하고 글쓰기 실전 연습을 하는 것은 그 다음에 할 일이다. 과연 우리에게 자서전 쓰기는 어떤 의미가 있으며, 왜 써야 하며, 어떻게 써야 하며, 그 안에 무엇을 담을 것이며, 이것을 했을 때 본인에게 어떤 장점이 있는가를 먼저 생각해 보는 것이 순서일 것이다.

쉽게 말해서, 이것은 자서전 쓰기에 도전하는 모든 사람들에게 철저한 동기 부여를 하는 과정이다. 본인 스스로가 이러한 개념을 먼저 정립해놓아야 앞으로 있을 길고 어려운 과정을 담담하게 받아들이고 끝까지 힘차게 추진해나갈 수 있으리라고 본다.

자서전 쓰기는 길고 어려운 과정의 연속이다. 결코 만만하게 볼 일은 아니다. 그러므로 시작하기 전에 먼저 단단한 정신 무장이 필요한 것이다. 이제부터 나오는 내용을 잘 이해하게 된다면 여러분은 자서전을 성공적으로 쓸 수 있을 것이며 애초에 계획한 목표를 달성할 수 있을 것이다.

부디 성공하시길…….

조선일보에 실린 기사

02_

자서전 쓰기란?

첫째, 자서전 쓰기는 진정한 자신을 찾아가는 과정이다

스페인에는 산티아고로 가는 성지순례길이 있다. 무려 800km에 달한다. 많은 사람들이 이곳을 찾는다. 누가 시켜서 하는 것도 아니고 본인 스스로 자원해서 이 길고 험난한 길을 걷는다. 걷고 또 걷는다. 어떤 사람들은 무리 지어 여럿이 이 코스를 걷고 어떤 사람들은 홀로 이 길을 걷는다. 목적지까지 도착했다고 해서 누가 상을 주는 것도 아닌데 왜 그 험한 일을 자처하는 것일까? 아마 그들은 자신과의 사투를 벌이는 과정이라고 생각할 것이다. 자신과 세상에 대해, 그리고 자신과 가정 또는 이웃에 대해 생각하고 또 생각할 것이다. 우리나라에서는 제주 올레길이나 지리산 둘레길, 북한산 둘레길이 이와 흡사한 기능을 하고 있다. 일명 속세에서 부대낀 지난날들을 떠올리며 때로는 웃기도 하고 때로는 울기도 할 것이다. 이 모든 것은 자신을 찾아가는 과정이다.

자서전 쓰기는 자신을 찾아가는 과정이다. 다시 말해서 자신의 정체성을 발견하는 과정이다. 진정으로 나는 누구이며, 어떻게 살아왔고, 앞으로 어떻게 살 것인가를 진지하게 고민하는 일련의 과정이다. 누구나 자신에 대해서는 가장 잘 안다고 자부하고 있지만 사실은 자신의 극히 일부분에 대해서만 아는 것이다. 그것이 때로는 오해로 작용하여 스스로에게 큰 화를 불러오기도 한다. 흔히 북한에 관해서 이야기를 할 때 그들이 남한을 공격해서 이길 수 있다는 오판을 하지 않게 하는 것이 전쟁을 억제하는 수단이 될 것이라고들 한다. 그래서 오해나 오판은 중요하게 다루어야 할 사항이다. 제대로 안다는 것이 그만큼 중요하다.

로마의 제16대 황제인 마르쿠스 아우렐리우스는 그의 저서 「명상록」(매월당 刊)에서 다음과 같이 말한다.

"다른 사람들의 영혼 속에서 어떠한 일이 일어나고 있는지 알지 못하기 때문에 불행해지는 일은 거의 없다. 그러나 자기 자신의 영혼의 움직임을 조심스럽게 지켜보지 않는 사람은 반드시 불행에 빠지고 만다."

자기 자신에 대해 정확하게 알아야 한다는 뜻이다. 자기 자신을 잘 모르기 때문에 화를 자초하는 일이 우리 주위에서 흔하게 벌어진다.

나는 왜 사는가? 내 인생의 의미는 무엇인가? 나는 무엇을 하며 살 것인가? 나에게 숨어있는 재능(잠재력)은 무엇인가? 나의 성공과 실패의 원인은 무엇인가? 행복하게 살려면 어떻게 해야 하나? 나는 그동안 세상에 휘둘리며 살지는 않았나?

위의 질문들을 살펴보면 '나'라는 말이 반복적으로 들어간다는 사실을 알 수 있다. 그러므로 자서전 쓰기는 '나'에 대해 끊임없이 질문을 던지며 끊임없이 그 답을 찾아가는 과정이다. 이와 같이 깊이 성찰하고 내면으로 깊숙이 침잠하는 과정이기도 하다.

성경에는 누가복음 6장 42절에 다음과 같은 구절이 있다. "너는 네 눈 속에 있는 들보를 보지 못하면서 어찌하여 형제에게 말하기를, 형제여 나로 네 눈 속에 있는 티를 빼게 하라 할 수 있느냐. 외식하는 자여, 먼저 네 눈 속에서 들보를 빼라. 그 후에야 네가 밝히 보고 형제의 눈 속에 있는 티를 빼리라."

이것은 바로 자신의 허물을 제대로 알지도 못하고 객관적 평가도 하지 않은 채, 남의 허물만을 책잡는 것을 경계하는 말이다. 그러므로 자신에 대한 객관적 평가를 스스로 해보는 것이 매우 의미있는 일이라 하겠다.

석가모니는 태어나면서 '천상천하 유아독존'이라고 말했다고 하는데 이는 '나'의 존엄성을 극명하게 표현하기 위한 과정에서 나온 말이라고 이해하면 될 것 같다.

세상에 내가 존재하지 않는다면 세상은 나에게 아무런 의미가 없다. 그러므로 세상에서 가장 중요한 것은 바로 '나'인 것이다.

우리나라 사람들의 자살률이 급속하게 상승하는 이유는 스스로에 대해 정확하게 아는 객관적인 판단과 이해가 부족하기 때문이라고 본다. 자신의 내면에 깊숙이 자리 잡고 있는 참된 자아와 만난다면 이제껏 자신을 괴롭혀왔던 트라우마나 번민도 극복할 수 있는 길이 열리게 된다. 그러나 인생에 대한 진지한 고민이나 자아 성찰이 부족하다면 자신이 직면하고 있는 문제의 근본적인 원인이 어디에서부터 시작된 것인지 알 길이 없다.

우리는 가끔 자신에게 깜짝 놀라는 일을 경험하게 된다. 이것은 누구나 경험하는 것이다. 가령, 평소에 자신은 노래를 못하는 사람이라고 생각했었는데 어느 장소 어느 순간에는 멋들어지게 노래하고 있는 자신을 발견하면서 스스로에게 화들짝 놀라는 경험을 한 것과 같은 경우를 말한다. 이런 일을 만나면 대부분 이렇게 생각한다. '나에게도 이런 능력이 있었나?' '이건 이해가 안 되는 일이야. 어찌 나에게 이런 능력이 있었단 말인가'라고 스스로 탄복하는 경우가 생긴다. 이와 같이 자신에 대해 정확하게 알지도 못한 채 우리는 스스로 한계를 정해놓고 그 범주 안에 살아가고 있는 것이다. 참으로 안타까운 일이다. 그러기에 우리는 자서전 쓰기를 통해 자신을 철저히 분석하는 시간을 가져야 할 것이다.

독일의 철학자 임마누엘 칸트는 '합목적성'을 다음과 같이 설명한다.

"하나의 객체에 관한 개념은, 그 개념이 동시에 이 객체의 현실성의 근거를 포함하고 있는 한에 있어서, 목적(Zweck)이라고 일컬어지며, 또 하나의 사물이 목적에 따라서만 가능한 사물들의 성질과 합치하면, 그것은 그 사물들의 형식의 합목적성이라고 일컬어진다."

우주에 있는 물질들은 각기 고유한 목적을 가지고 있다. 길가에 버려진 돌멩이 하나도 목적을 가지고 있다고 할 수 있다. 하찮아 보이는 물체 하나도 목적을 가지고 있다고 하는데, 하물며 만물의 영장인 인간은 어떠하겠는가? 인간은 존엄한 존재이며 하찮은 존재는 하나도 없다. 존재하는 목적이 있기 때문이다.

조금 오래된 이야기가 될지 모르나 박정희 대통령 당시에 반포했던 '국민교육헌장'이 있다. 이것을 학교에서 외우게 했던 기억이 난다. 그 내용을 살펴보면 그 안에는 '우리는 민족 중흥의 역사적 사명을 띠고 이 땅에 태어났다' 라는 문구가 있다. 이 말의 의미는 누구나 알 수 있을 만큼 명료하다. 다시 말해서, 우리가 이 땅에 존재하는 것은 무엇인가에 쓸모가 있기 때문이라고 결론을 내리면 될 것 같다. 인간은 매우 존엄한 존재이며 그렇기 때문에 인생 하나하나에 의미를 둘 필요가 있다. 그러기에 우리의 인생을 되짚어보는 것이 대단히 의미 있는 작업인 것이다.

자기가 살아온 역사를 기록하는 것이 자서전이라면, 또 그 반대로 생각해볼 수도 있다. 오늘 내가 선택하고 경험하는 사건들을 훗날 내가 나의 자서전에 기록한다면 지금 이 순간을 헛되게 살 수 있을까? 그렇지 않다고 본다. 최선을 다해서 열심히 살 것이고 가장 최선의 결정들을 하려고 노력하게 될 것이다. 결국 개인의 자서전이 개인의 일생을 통제하고 절제하게 만드는 장치가 될 수도 있다는 것이다. 하루하루가 본인 자서전의 한 페이지로 장식될 것이라고 생각한다면 우리의 행동 하나 하나에 더욱 신중해지고 겸허해질 것이다. 그렇기 때문에 자서전을 써야 하는 것이다.

▌둘째, 자서전 쓰기는 참회다

성 어거스틴은 어머니 모니카의 기도로, 탕자에서 성자로 변신한 사람이다. 그의 참회록은 지금도 많은 이들에게 읽혀지고 있으며 수많은 사람들이 그를 존경하고, 그와 같은 삶을 살기 위해 노력한다.

참회록 역시 자서전의 범주 안에 들어가야 한다고 보는데, 그 이유는 참회록도 자서전이 가지고 있는 성격과 기능을 그대로 가지고 있기 때문이다. 과거에 스스로도 알지 못하고 지었던 죄, 그리고 양심의 가책을 받으면서까지 저질렀던 죄를 참회하는 심정으로 털어놓고 공개하는 것이 참회록이며, 이는 자신을 철저히 분석 평가하는 작업이 전제되기 때문에 자서전의 범주 안에 포함시켜야 한다고 보는 것이다.

미국인들이 가장 존경한다고 하는 벤저민 프랭클린이 쓴 「프랭클린 자서전」(느낌이 있는 책 刊)을 살펴보면 대단히 솔직하고 과감한 표현이 나오는 것을 알 수 있다. 물론 존경받을만한 행동을 한 것이 많이 소개되어 있으나 정말 밝히고 싶지 않을 만한 내용도 포함하고 있다는 사실을 접하게 된다. 심지어는 결혼하기 전, 혈기 넘치는 청년이었을 때 육체적 욕구를 해결하기 위해 어쩌다 만난 여자들과 성관계를 맺곤 했다는 내용까지 나온다. 이것을 보면 그가 과연 이 자서전을 쓰기 위해 얼마나 솔직해졌는지를 짐작할 수 있게 해준다.

자서전을 쓸 때는 꾸밈없이 솔직하게 자신의 모든 것을 고백하고 더 나아가 참회하는 심정으로 서술해야 한다. 사람은 누구나 죄를 지을 수 있고 실수할 수도 있다. 그것을 있는 그대로 인정하고 반성하고 참회하는 것이 바람직하지, 그 모든 것을 비밀로 덮어버리고 무덤까지 가져가겠다고 하는 것은 대단히 어리석은 일이다. 생을 마감할 때 홀가분한 마음으로 떠날 수 없을 것이기 때문이다.

자서전에는 참회와 용서가 있어야 한다. 내가 남에게 죄 지은 것은 용서를 구해야 할 것이고, 남이 내게 죄 지은 것은 용서해줘야 할 것이다. 기독교의 주기도문에는 "우리가 우리에게 죄 지은 자를 사하여 준 것 같이 우리의 죄를 사하여 주시옵고~"라는 대목이 있다. 최대한 자신에게 솔직해질 때 그가 쓰는 자서전은 공감을 불러일으킬 것이고 독자들은 감동받을 것이다.

자서전 쓰기가 일반에게 대중화되어 수많은 사람들이 이 같이 참회하는 글쓰기를 한다면 우리가 사는 이 사회가 더 깨끗해지고 살만한 세상이 되지 않을까 생각해본다.

셋째, 자서전 쓰기는 치유(힐링)다

텍사스주립대학교의 심리학과 교수인 제임스 페니베이커는 「글쓰기 치료」(학지사 刊) 라는 책을 썼는데 그 안에는 그가 연구한 내용이 소개되어있다. 감정적 글쓰기(표현적 글쓰기)를 하면 그 글쓰기를 하는 사람의 심리가 치유된다는 내용인데 이는 실험의 데이터를 통해 입증된다. 감정적 글쓰기란 트라우마(심리적 외상)에 대한 글쓰기를 말하는데, 실험의 대상자가 3~4일 동안 계속해서 하루 15분 내지 20분간 심리적 외상의 경험에 대해 글로 써서 표현하는 행위가 육체적, 정신적 건강에 현저한 변화를 일으켰다는 것이 그 내용이다. 그러나 굳이 트라우마가 아니더라도 분노와 같은 감정도 글쓰기로 제어할 수 있다는 것을 필자 역시 경험한 바 있다.

때는 대학에 다니던 시절이었다. 그때 당시 습관처럼 매일 일기를 쓰곤 했는데, 하루는 무엇인가에 매우 화가 나서 분을 삭이지 못하고 있었다. 그런데 문득 이런 생각이 들었다. '지금 내가 무척 분개하고 있는데 이 감정을 일기에 담아보면 어떨까' 하는 것이었다. 물론 다른 식으로 화를 푸는 방법도 있었겠으나 그때만큼은 일기 쓰기를 통해서 마음을 다스려보자는 생각이 언뜻 들었다. 그리고는 곧장 실행에 옮겼다. 평소에 쓰던 일기장을 꺼내 한 페이지, 두 페이지, 세 페이지를 적어나갔다. 첫째 페이지를 적을 때만 해도 화가 매우 나 있던 상태였으므로 숨이 가빴다. 맥박은 빠르고 열이 났으며 거친 숨을 쉬고 있었다. 그러나 한 페이지씩 써나가면서 그 분노는 이내 사그라들고 말았다. 결국 네 페이지를 쓰고서야 펜을 놓았는데 그때는 이미 평정심을 되찾았고 심지어는 입가에 환한 미소마저 돌았다. 분노를 완전히 가라앉힌 것이었다. 이러한 경험을 하고 난 다음부터는 더욱 일기 쓰기에 많은 시간을 할애했다.

또 수년 전, 어느 기관에서 시행하던 자서전 쓰기 강좌를 진행하던 중에 한 수강생이 필자에게 이런 이야기를 해 주었다. 링컨 대통령에 관한 이야기였다. 링컨이 참모들과 회의를 하고 일을 추진해나가는 과정에서 유난히 의견 충돌이 잦은 참모가 있었다고 한다. 그러나 대놓고 욕을 해댈 수는 없는 노릇이었다. 참모들이 다 떠난 후 링컨은 자신과 격하게 대립했던 참모에게 보내는 편지를 썼다. 그 편지에는 매우 험악한 욕도 적혀 있었다. 그러나 정작 이 편지는 그 참모의 손에 들어가지 않았다. 이 편지를 쓴 링컨은 그것을 자기 서랍에 처박아 둔 것이었다. 그가 하고자 했던 것은 치밀어 오르는 분노를 편지라는 형식으로 풀어버리는 것이었다.

편지 쓰기도 글쓰기이고, 위에서 말했던 제임스 페니베이커가 실험한 것 역시 글쓰기였으며, 내 경우를 소개한 것도 일기라는 형식의 글쓰기였다. 이 모두의 공통점은 '글쓰기'라는 것이고, 특히 감정을 다루는 글쓰기였다는 것이다. 이것은 자서전을 쓰는 경우에도 동일하게 적용된다. 자기가 살아온 인생의 역사를 돌아보고 서술하는 과정에서 만나는 무수한 사건과 감정들이 자신을 더 객관적으로 바라보게 만들어준다. 이것을 서술하는 것이 곧 위에서 말한 감정적 글쓰기가 되는 것이며 이것을 통해 심리의 치유까지 가능해진다는 결론에 다다르게 된다.

그런 의미에서 자서전 쓰기는 매우 훌륭한 심리 치유 과정이다. 그것도 남의 도움을 전혀 받지 않고 스스로 시행할 수 있는 자가 심리 치유 과정이라고 말할 수 있다. 마음의 병이 있는 사람이 찾아가야 할 곳은 정신과 의사가 있는 병원이나 심리상담사가 있는 곳이다. 하지만 마음의 병이 있다고 해서 누구나 쉽게 이런 곳의 문을 두드리기는 쉽지 않다. 정신과병원을 찾아간다는 사실 자체가 불편한 일일 뿐만 아니라 남의 눈이 의식되기도 한다. 병원의 도움을 받지 않고도 스스로 고칠 수 있는 방법은 없을까? 자서전 쓰기가 바로 그 해답을 가져다 줄 수 있을 것이라고 믿는다. 자기 내면 깊숙이 침잠하여 영적인 눈으로 자신을 객관적으로 들여다볼 수 있게 해주는 것, 이것이 바로 자서전 쓰기이다.

넷째, 자서전 쓰기는 인문학 중 최고의 인문학이다

요즘 인문학의 중요성이 많이 부각되고 있다. 인문학(humanities)은 인간과 인간의 문화에 관심을 갖는 학문을 말한다. 그런데 여기에서 말하는 '인간' 중에 가장 중요한 인간이 누군가를 생각해본다면 결국 '나' 라고 할 수 있다. 내가 없는 세상은 의미가 없으며, 내가 있을 때 세상도 의미가 있기 때문이다. 그 가장 중요한 인간인 '나'를 탐구하는 학문이 '자서전 쓰기' 이다. 왜냐하면 자서전 쓰기는 자기 자신에 대해 깊이 있게 성찰하며 써내려가는 글쓰기이기 때문이다. 그런 의미에서 자서전 쓰기는 인문학 중에서 최고의 인문학이다.

'나를 찾는 자서전 쓰기'는 그만큼 중요한 것이고 자기 인생의 가치와 역사를 점검하는 계기가 되는 것이다. 필자가 강의하고 있는 강좌들은 바로 그런 의미에서 접근해야 할 것이다. 자기 자신을 찾아 자신의 정체성을 제대로 발견하는 것, 이것이 우리의 정신활동을 더 풍요롭게 해 줄 수 있으며 이 세상을 더 가치있게 만드는 수단이 될 것이다.

다섯째, 자서전 쓰기는 인생의 중간 점검이다

보통 40대가 넘어가고 50대에 진입하면 사람들은 자신의 과거를 돌아보는 경향이 짙게 나타난다. 남자의 경우, 특히 50대 중반 쯤에 이르러 직장에서 퇴직할 때쯤 되면 이러한 경향이 더욱 두드러진다. 신경정신과의 전문의나 심리학자들은 이같은 현상을 재구축 과정과 유사하다고 말한다. 자신이 어떻게 살아왔는지를 차분하게 정리하는 것은 과거를 회고하면서 현재의 나를 들여다보는 재구축(Reconstruction)과 비슷하다고 말이다. 이런 회고의 시점을 전후로 하여 인생은 전반전과 후반전으로 나뉘어진다는 것이다. 후반전을 잘 뛰기 위해서는 중간에 휴식을 잘 취해야 한다. 이때 자서전을 쓰면 많은 도움이 된다.

보통의 가정에서는 가장이 정년으로 퇴직하면 퇴직 후의 일자리나 경제적인 활동에 대한 염려로 고민하는 경우가 많은데, 경제활동 못지않게 중요한 것이 그 사람의 마음가짐이다. 마음을 어떻게 다스리며 인생의 진로를 어떻게 결정하고 나아가느냐가 매우 중요하다는 것이다. 진로를 결정하지 않고 무턱대고 노력만 한다고 해서 소기의 목적을 달성할 수 있는 것은 아니다.

한창 젊은 나이에는 늘 앞만 보고 달려 나가는 것이 최선이라고 생각했을 것이고, 중년의 나이가 되는 동안 겪은 사건들 또한 매우 많았을 것이다. 그 안에는 성공도 있고 실패도 있었을 것이다. 성공과 실패의 원인을 분석하고, 이전에 저질렀던 실수를 반복하지 않아야 할텐데, 어리석게도 같은 실패를 반복하는 경험도 젊은 시절에는 많이 하게 된다. 차분하게 생각할 시간을 갖지 못해서 저질렀던 실수일 수도 있다. 쉬운 예를 들자면, 주식이나 부동산에 투자해 실패한다든가, 또는 모르는 분야에 뛰어들어 사업을 하다가 망하는 경우가 이에 해당될 수 있겠다. 자신의 능력을 과대평가하거나 또는 허황된 욕심을 부리다가 실패하는 경우도 여기에 해당한다.

    자서전을 쓰면서 자신을 객관적으로 냉철하게 평가할 수만
있다면 이것을 통해 인생을 중간 점검해 볼 수 있다. 남은 날들을
알차게 보낼 수 있도록 안내해주는 지침서로서의 역할 또한 해
줄 것이다.

정독도서관에서 진행한 자서전 쓰기 강좌

03_

왜 자서전을 써야 하는가?

첫째, 살아있는 교훈이 되는 기록물을 남긴다는 것이다

러셀 베이커가 쓴 「성장」(집사재 刊)이라는 자서전을 보면, 일반인들이 왜 자서전을 써야 하는지에 대한 해답을 보여주는 예시가 잘 나와 있다. 「성장」은 전기·자서전 부문에서 퓰리쳐상을 수상한 작품이며 자서전이 갖추어야 할 요소들을 고루 갖춘 걸작이다.

하루는 러셀이 아들과 대화하는 장면이 나오는데, 힘겨운 삶을 살아온 그가 아들에게 막 훈계를 하려는 순간, 아들은 이미 체념했다는 표정으로 그를 쳐다보면서 이렇게 말했다고 한다.

"아버지께서 어릴 적에는 어땠는지 말씀해 주시죠."

이 말을 듣는 순간 러셀은 화가 치밀었지만 그 순간 이렇게 생각했다고 한다. '내 아이들도 언젠가는 나를 이해하게 될 것이다. 하지만 언젠가 내가 이야기를 들려줄 수 없을 때가 오면 그제서야 내 삶이 궁금해질 것이다'라고 말이다.

 그렇다. 청소년기의 아이들은 아버지나 어머니의 삶에 대해 궁금해하지 않는다. 그들은 그저 처음 맞이하는 자신들의 삶이 궁금할 뿐이다. 인생 경험도 없다. 그러나 어른들의 이야기를 귀담아 들으려 하지 않는다. 하지만 이 아이들이 한 해 두 해 나이를 먹으면서 세상을 살다보면 삶이 그리 녹록치 않다는 것을 깨닫게 된다. 30대를 지나 40대가 되면 비로소, 자신의 부모는 이 버거운 세상을 어떻게 사셨는지 궁금해지기 시작한다. 그래서 그 궁금증을 해결하려고 하는 순간, 부모가 이 세상에 존재하지 않는다는 것을 깨닫게 된다. 그러나 만일 그 부모가 자서전을 남기고 세상을 떠났다면 결과는 어떻게 달라질까? 자녀들은 부모의 자서전을 가보로 여기며 그 안에 담겨있는 삶의 소중한 지혜를 배우게 될 것이다. 이미 부모가 된 사람들이 자서전을 남겨야 하는 이유 가운데 하나가 바로 이것이다. 살아있는 교훈이 되는 기록물이 자서전인 것이다. 자녀에게 중요한 정신적 유산을 남겨주는 것, 이것이 자서전을 쓰는 이유이다.

▍둘째, 의미 있는 가치로 자서전을 남긴다는 것이다

구매자가 어떤 물건을 구입하기 위해서 돈을 지불할 때는 특정한 기준이라는 것이 있다. 그 물건이 나에게 얼마나 큰 가치를 지니고 있느냐에 따라 지불할 돈의 액수를 결정하고 그 기준에 맞을 때 비로소 주머니를 여는 것이다. '가치'라는 기준으로 봤을 때 자서전의 가치는 얼마나 될 것인지를 따져 보자. 가치는 그것을 아는 사람만 누릴 수 있다는 것 아니겠는가. 자서전을 쓰는 사람에게 있어서 그것이 스스로에게 얼마의 가치가 있으며, 또 그 책이 완성되어 독자의 손에 들어갔을 때 그것이 갖는 가치가 얼마일지를 생각해본다면, 우리는 기꺼이 자서전 쓰는 수고와 노력을 아끼지 않을 것이라는 생각이 든다.

▍셋째, 자아정체성(identity)을 발견하기 위해서이다

개인에 따라서는 이것이 가장 첫 번째 이유가 될 수도 있다. 앞에서도 설명했듯이 자아를 발견한다는 것은 정신건강상 매우 중요한 일이며 주로 청소년기부터 이러한 고민은 시작된다. 안타깝게도 인생에 대한 진지한 고민 없이 청년기를 맞이하는 사람들도 적지 않지만 이는 바람직하지 않다. 인생 설계라는 측면에서 본다고 해도 자아정체성 확립은 매우 필수적인 과제라고 할 수 있다. 요즘 청소년들은 학업에만 치중하다 보니 자기 인생에 대한 진지한 고민이 없는 것 같다. 좀 더 철학적이고 형이상학적인 정신세계를 접할 필요가 있는데, 현실적으로 사회 구조상 그것이 점점 더 어려워지는 것 같다. 대학에 가야 한다는 압박감 때문에 청소년들이 자아에 대한 진지한 고민을 할 기회를 놓친다는 생각이 든다. 이것은 매우 안타까운 일이며 사회적으로도 바람직하지 않은 현상이다.

일부 학교에서 국어 선생님이 학생들에게 자서전 쓰기 숙제를 내 준다고 하는데, 이것은 매우 좋은 과제라고 생각된다. 비록 살아온 날이 많지 않은 청소년이라 할지라도 자신의 삶을 돌아보는 일은 매우 중요하다는 교육적 의미가 담겨있기도 하다.

일전에 고양시에 있는 한 복지관에서 필자에게 강의를 의뢰한 일이 있었다. 다름 아닌 자서전 대필을 하는 교육을 해달라는 것이었는데, 중요한 것은 그 교육 대상이 바로 중·고등학교 학생들이라는 것이었다. 학생들에게 대필 교육을 하고는 복지관 부근 아파트에 사시는 어르신들을 몇 분 모시고 왔다. 배운대로 학생들은 어르신에게 인터뷰 질문을 하고 어르신들은 이야기를 풀어놓았다. 학생들 입장에선 세대 차이가 많은 어르신들과 대화하며 느낀 것이 많았고 어르신들 입장에선 학생들이 자신의 이야기를 들어주고 궁금해하는 모습을 대견스러워 하셨다. 한 번은 어르신 한 분께서, 옛날에는 부모님이 정해주는 배우자와 결혼했다고 말씀하셨더니 학생들이 모두 어리둥절해했다. 얼굴도 모르는 사람에게 시집을 간다는 것이 믿어지지 않는 모양이었다. 이렇듯이 세대를 넘나드는 대화가 절실히 필요하다. 서로가 서로를 이해하지 못하면 사회가 좋아질 수 없다. 자녀는 부모를 이해해야 하고 부모는 자녀를 이해해야 한다. 그런 의미에서 자서전은 그 매개체 역할을 충실히 수행한다. 이것이 자서전을 써야만 하는 이유이기도 하다.

학생들이 어르신께 인터뷰하는 모습

넷째, 세상에 휘둘리지 않기 위해서이다

세상은 우리를 가만히 내버려두지 않는다. 여러 가지 어려운 상황이 우리의 목을 옥죄어들고 우리는 수많은 스트레스와 싸워 나가야 한다. 요즘 명상이나 수행이 유행하고 있는데, 이것은 현대인들의 스트레스를 해결하는 수단으로 자리 잡아 가고 있다. 세상에 휘둘린다는 것은 이렇게 이해해 볼 수도 있다.

가령, 부동산 불패신화가 유행하던 수년 전을 회상해보라. 얼마나 많은 사람들이 부동산으로 돈을 벌어보려고 애를 썼는가. 마치 부동산으로 돈을 벌지 못하면 바보라도 되는 양, 너도 나도 재테크에 열을 올린 적이 있었다. 그러나 지금은 어떤가. 그 거품들이 꺼지면서 수많은 사람들이 고통 받고 있지 않은가 말이다. 무리해서라도 대출을 받아 집을 장만해놓으면 나중에 큰 돈이 되어 돌아올 것이라는 기대감에 거의 전국민이 부동산 투자에 열을 올렸던 것이다. 그러나 그 현상은 그리 오래 가지 않았다. 세상은 우리에게 부동산에 투자하라고 속삭였다. 그것이 마치 정의라도 되는 양 우리의 마음을 온통 꼬드겼다. 이것이 바로 세상에 휘둘리는 현상이다. 이렇게 휘둘리지 않기 위해서는 자기 나름대로 확고한 소신과 정의에 대한 기준이 있어야 한다. 그리고, 자신에 대해 정확한 지식을 가지고 있어야 하며 주변 상황에 좌지우지되어서는 안 된다. 자신을 안다는 것이 중요하다는 것인데 이는 바로 소크라테스가 지적한 바와 같다.

"너 자신을 알라"

그렇다. 우리는 자신에 대해서 정확히 모르고 있는 것이다. 그렇기 때문에 오판하고 오해하고 실수를 범하는 것이다. 사업을 시작하는 친구들도 주변에 몇몇 있지만 성공하는 경우를 거의 보지 못했다. 그들이 자신의 능력과 가치를 정확히 인식했더라면 그와 같은 잘못을 저질렀을까 생각해본다. 세상에 휘둘리지 않기 위해서는 자신을 정확히 알아야 한다.

다섯째, 자신의 존재 가치와 명예를 위해서이다

물론 존재 가치와 명예가 대단히 중요하고 훌륭한 것이지만 자칫 지나치면 부정적인 결과가 생길 수도 있다. 순수한 목적과 동기에서 쓰는 자서전이 아니라, 정치적인 목적이나 자기과시용 목적으로 쓰는 자서전은 경계해야 한다는 뜻이다. 이것을 무조건 나쁘다고는 할 수 없지만 보다 순수한 목적으로 접근하는 일반인 자서전이 더 바람직하지 않을까 생각한다.

04_

자서전 쓰기에 접근하는 방식 세 가지

마크 트웨인의 자서전을 읽어보면 문학적인 색채가 두드러지게 나타난다. 그가 전문 작가이기 때문이라는 것은 지극히 당연한 사실이다. 그렇다면 일반인들이 쓰는 자서전도 문학적일 필요가 있는가를 생각해보자. 당연히 그렇다.

첫 번째, 문학적인 접근 방식이다

그렇다고 일반인들이 전문 작가들의 글을 흉내 낸다고 해서 훌륭한 문학 작품이 나오리라고는 기대하기 어렵다. 글쓰기는 훈련이 반드시 필요한 작업이기 때문에 글을 많이 써보지 않은 사람이 글쓰기에 도전하는 것은 사실 용기가 필요한 일이다. 하지만 글쓰기의 효용성을 배운 사람 입장에서 포기할 수는 없는 노릇이다. 자서전 쓰기를 통해서 수많은 잇점을 누릴 수 있다면 도전해볼 만하지 않은가. 다만 약간의 결단과 글쓰기 노하우에 대한 기술만 습득하면 가능한 일이다. 글쓰기를 배우는 초보자라면 어떻게 해야 할까? 누구에게 배우는 것이 가장 좋을까? 가령, 축구를 배우려는 초보자가 선생님을 찾는다면 누구를 찾는 게 가장 좋을까를 먼저 생각해보자. 당연히 그 분야 최고의 권위자에게 배우는 것이다. 박지성이나 홍명보 감독 같은 사람에게서 말이다.

그렇다면 자서전 쓰기를 배울 때도 최고의 선생님에게서 최고의 작품을 배우는 것이 가장 좋은 방법이다. 필자가 기관에서 강의할 때는 유명인 자서전에 있는 내용을 가지고 분석하고 연구하는 시간을 갖는다. 이것은 매우 중요한 일이다. 그 안에 답이 들어있기 때문이다. 자서전이 가지고 있는 요소라든가 글 안에 함축적으로 녹아들어있는 의미의 다발들을 풀어헤쳐 분석하다 보면, 자신의 자서전을 쓸 때는 어떻게 해야 하는지 스스로 답을 찾을 수 있기 때문이다.

두 번째, 심리학적인 접근 방식이다

자서전은 본인의 심리적인 요소를 많이 담고 있기 때문에 이렇게 접근하는 것이 맞다. 가령, 현재 악몽에 시달리고 있다거나 심적인 괴로움에 몸 둘 바를 모른다면 그 원인이 어디에서부터 기인했는지를 밝혀낼 필요가 있다. 자신이 걸어온 길을 자세히 되짚어보지 않는 이상 이것을 밝혀내는 것은 쉽지 않다. 그러니 어린 시절까지 거슬러 올라가서 자신이 했던 행동들을 기억해낼 필요가 있다. 생애 처음으로 무언가에 극심한 공포를 느꼈다든지 충격적인 장면을 목격했다든지, 이런 류의 자기 발견을 해야 현재 겪고 있는 어려움에 대한 해답을 찾아낼 수 있기도 하다. 그러므로 자신의 내면을 살피는 심리학적인 기법은 자서전 쓰기에서 매우 중요한 접근법이기도 하다.

세 번째, 철학적인 접근 방식이다

세상과 나에 대한 깊은 이해와 통찰이 있을 때 자신의 모습을 정확히 파악할 수 있다. 철학서를 몇 권 읽어보는 것도 좋은 방법이 될 것이다. 자서전 쓰기는 자기 철학을 하는 과정이다. 그것이 개똥철학이든, 아니면 정말 위대한 자기 발견이든 이러한 접근이 반드시 수반되어야 한다.

05_

자서전을 쓰면 내게 어떤 도움이 되나?

주변 사람들로부터 아무리 좋다고 하는 얘기를 들어도 자신에게 도움이 되지 않는다면 하고 싶은 마음이 들지 않을 것이다. 특히나 자서전 쓰기는 매우 많은 시간과 노력, 기다림이 있어야 하는데 이것을 성공적으로 해내기 위해서는 그만한 동기 부여가 필요하다. 자서전 쓰기가 본인에게 큰 도움이 된다고 하면 더 이상의 동기 부여를 받지 않더라도 스스로 끝까지 수행하게 될 것이다. 자서전을 쓰면 세 가지의 긍정적인 효과를 누릴 수 있다.

첫째, 기억력 개선 효과다

한창 공부하는 학생들에게는 별 도움이 되지 않을 수도 있으나 특히 연세 드신 어르신들에게는 많은 도움이 된다. 글을 쓰는 작업은 고도의 정신력을 요구하는 일이다. 그렇기 때문에 사고하는 능력이 향상되고 논리력이 향상된다. 글을 쓰는 동안 두뇌는 글의 스토리를 전개하는 그림을 그리게 되므로 두뇌가 매우 활성화된다. 뇌에 자극을 주므로 기능이 활성화되는 것이다. 또한 자신의 과거를 기억하는 작업이 주를 이루기 때문에 기억을 떠올리는 연습을 지속적으로 하게 된다. 연세가 많이 드신 분들에게는 치매 예방 효과까지 있다고 할 수 있다. 기억을 떠올리는 방법에 대해서는 나중에 나오는 실전편에서 좀 더 자세히 다루기로 한다.

둘째, 심리 치유 효과다

트라우마에 대한 글쓰기가 심리 치유에 도움이 된다는 것은 앞서 말한 바 있다. 내면 속에 깊이 잠자고 있는 영혼과 무의식을 흔들어 깨워서 표면화시킬 필요가 있다. 흔히 '발설'이 주는 카타르시스를 생활 중에서 경험할 때도 많은데, 쉽게 예를 들어, 아주머니들이 서로 모여 수다를 떨면서 스트레스를 풀어내는 것과 같은 이치다. 발설과 카타르시스의 메카니즘은 글쓰기에도 그대로 적용된다. 발설하지 않는다면 정신적인 상처는 마음 속 깊은 곳과 무의식의 세계에까지 자리 잡는다. 하지만 그것을 밖으로 토해낸다면 후련함과 동시에 치유의 기쁨까지 누릴 수가 있는 것이다. 트라우마에 대한 글쓰기를 하면, 자신이 작성한 글이 종이에 옮겨지게 됨으로써 우선 외관상 겉으로 보여지게 됨을 스스로 알게 된다. 이것은 마치 체한 사람이 구토를 하고 나서 구토물을 눈으로 확인하는 것과 같은 이치다. 그것을 눈으로 확인하는 순간 그동안 자기를 괴롭혀왔던 괴로움은 서서히 사라지고 치유를 경험하게 되는 것이다. 마음의 고통을 수다로 풀어내는 것이나 글쓰기를 통해 밖으로 내뱉는 것을 통해서 같은 효과를 볼 수 있는 것이다. 그러므로 자서전 쓰기는 정신 건강에 매우 긍정적인 영향을 준다는 것을 기억하자.

▌셋째, 삶의 가치와 의미를 발견한다

자서전을 씀으로써 자신을 정확하게 바라보고 지난날의 잘잘못을 분석 평가하게 된다. 결과적으로 새로운 인생을 설계할 수 있게 하고, 보다 가치있는 삶에 시간을 투자하게 되고 의미있는 흔적을 남기기 위해 노력하게 된다는 것이다.

자서전 쓰기도 글쓰기 과정이기 때문에 쉽지 않은 것은 사실이지만 자기에게 도움이 된다면 그 수고를 마다하지 않는다. 비슷한 예를 든다면, 살을 빼려는 사람들이 식사를 적게 하고 운동을 하는 것과 같다. 뚱뚱한 사람이 운동을 하기란 그리 쉽지 않다. 어지간한 정신력을 갖고 있지 않고서는 운동으로 살을 뺀다는 것이 어려운 일이다. 먹고 싶은 것을 참아야 하고 하기 싫은 운동까지 해야 하니 말이다. 그러나 날씬해진 자신의 모습을 상상하면서 그 수고를 하는 것이다. 글쓰기도 마찬가지다. 위에서 말한 글쓰기의 효과를 얻기 위해서 지불하는 수고인 셈이다. 자신에게 도움이 되는 효과를 생각하면서 스스로에게 동기 부여를 한다면 원하는 목적을 달성할 수 있을 것이다.

연세가 드신 어르신들께는 자서전 쓰기를 꼭 권하고 싶다. 은퇴 후 조용한 노후를 보내시는 분들은 무엇을 하며 남는 시간을 보내야 하는지 고민하시는 경우가 많은데 그럴 필요가 없다.

자서전 쓰기 실습을 하고 토론하는 모습

자서전 쓰기 강좌 시간에는 서로 토론하는 시간이 있기 때문에 지난날 고생하며 살아왔던 이야기를 스스럼없이 서로가 나눌 수 있다. 이런 이야기를 할 곳도 들어줄 곳도 많지 않은 현실을 감안한다면 공감대를 가진 어르신들끼리 모여 지난날을 회상하며 이야기꽃을 피우는 시간이야말로 정말 값진 시간이라고 할 수 있다.

06_

내 자서전에 무엇을 담을 것인가?

자서전 쓰기 강의 중에 한 분이 질문을 하셨다.

"선생님, 그러면 자서전에는 어떤 내용을 써야 하나요? 말씀하신 바에 의하면 매우 솔직하게 쓰는 것이 맞는 것 같은데 얼마나 솔직해져야 하나요?"

자서전이란 솔직하게 자신의 이야기를 담아내는 것이라는 설명을 듣고서 한 분이 질문하신 것이다. 대답은 이러했다.

"여러분의 삶과 관련된 이야기라면 무엇이든 좋습니다. 그것이 내용이 되어야 합니다. 그리고 글로 써서 다른 사람들이 읽었을 때 문제가 될 것 같은 내용만 빼십시오. 그 나머지는 무엇이든 쓰셔도 좋습니다."

자서전은 여러분의 인생을 담는 공간이다. 그러므로 자기의 모든 것을 자서전에 담을 수 있다. 우선 소소한 일상부터 서술해 보자. 자기를 중심으로 해서 자기를 둘러싼 모든 사물, 모든 관계, 모든 생각과 느낌이 자서전의 소재가 된다. 가족, 친구, 지인뿐 아니라 짧게 대화하고 스쳐지나간 사람까지 모두를 포함해서 자연과 사물까지도 좋은 소재가 된다.

또, 자신의 가치관, 사상, 세계관을 써도 좋다. 만일 1950년대를 살았던 사람이라면 그 당시의 국가적 사회적 사건과 알게 모르게 연관되어 있으며 그 영향권 아래에서 살았다는 것을 알수 있다. 시대의 영향을 받을 수밖에 없다. 6·25 전쟁을 겪은 세대라면 공통적으로 공감하는 정서가 있다. 그 사건을 함께 겪어왔기 때문에 동일한 정서가 그 사건을 경험한 사람들의 마음속에 자리 잡고 있는 것이다.

고난 극복 스토리도 아주 좋은 소재가 된다. 부모가 물려준 재산으로 편안하게 잘 먹고 잘 살았다고 하는 사

람이 있다면 그의 이야기에 감동받을 일은 없을 것이다. 반면에 열악한 환경을 딛고 일어서 불굴의 의지로 인생을 개척하며 살아 큰 성공을 이루었다고 하는 사람이 있다면 독자들은 아마 그의 이야기에 귀를 기울이고 경청할 것이다. 큰 성공까지는 아니더라도 위기의 순간을 어떻게 슬기롭게 극복했는지를 잘 표현하는 글을 쓴다면 그 글을 읽는 독자들은 모두 감동받을 것이다.

자녀나 이웃에게 평소에 하고 싶었던 말을 편지글 형식으로 쓰는 것도 좋은 방법이다. 예전에 외국에서 오래 사신 분께서 자서전을 써 오셨길래 책으로 만들어드렸던 적이 있었다. 그 내용을 검토하다보니 그 책의 의뢰인께서 자녀들로부터 편지 원고를 받아 내용 중에 삽입했다는 것을 알았다. 자녀들이 아버지에게 하고 싶었던 말을 편지로 썼던 것이다. 물론 아버지가 자녀들에게 시켰을 것이다. 편지 속에는 아버지를 존경하는 아들들의 이야기가 적혀 있었다. 이 또한 자서전의 좋은 소재이며 의미 있는 기록이다. 이 책의 경우, 자서전의 주인공(아버지)이 타인(자녀들 혹은 지인들)으로부터 어떤 평가를 받는 사람인지를 알 수 있고, 그것을 통해 주인공의 삶을 들여다볼 수 있기 때문이다.

피터 드러커 자서전(한국경제신문 刊)을 읽어보면 형식면에 있어서 다른 사람들의 자서전과는 사뭇 다르다는 것을 알 수 있다. 거의 대부분의 사람들은 자서전을 쓸 때 자신을 중심으로 해서 이야기를 펼쳐나가지만 그는 그렇게 하지 않았다. 오히려 그와는 반대로 접근했다. 자신에게 영향을 준 사람들에 대한 이야기를 나열하는 것으로 자서전을 채워나갔다. Chapter마다 새로운 인물들이 등장하는데 그들은 모두 피터 드러커에게 지대한 영향을 준 사람들이다. 그들에 대한 서술을 하는 것이 곧 자기에 대한 설명이라는 생각으로 자서전의 형식을 정해버린 것이다. 매우 기발하고 독창적인 접근법이다. 그것만 보더라도 과연 그가 얼마나 남과 다르게 생각할 수 있는 능력을 갖춘 사람인지를 알 수 있게 해준다.

또, 세상을 향해 외치고 싶은 말이나 견해를 밝히는 것도 자서전에 넣기 좋은 소재가 된다. 사람들은 누구나 다 인생철학을 가지고 있다. 소신이 있으며 원칙이 있다. 체계적으로 설명하지 않을 뿐이지 모든 선택사항에 대한 나름의 판단 기준을 가지고 있다. 그것을 간단히 표현하면 '삶의 원칙'이고, 거창하게 말하면 '인생철학'이다. 이러한 내용을 담는 그릇 또한 자서전이다.

때로는 본인이 습작으로 써 놓았던 시나 수필 등을 자서전에 옮겨와도 될 것이고, 심지어는 어떤 대회에 나가서 상을 탔다든지, 아니면 자신의 기사가 신문에 났을 때 스크랩을 해두었던 신문이라든지, 기타 등등 자잘한 것들까지 모두 포함해서 자서전에 넣을 수 있는 것이다. 이 모든 것들이 그 사람의 삶을 표현해주고 설명해주기 때문이다. 사소한 것이라고 해서 하찮게 취급할 것이 아니라 그 안에서도 글감을 찾아보자.

자서전은 자신과 관련된 모든 내용을 담는 그릇이다.

KBS1 프로그램에 소개

07_

자서전에 대한 오해 몇 가지

일반적으로 사람들이 자서전에 대해 가지고 있는 오해 몇 가지를 살펴보고자 한다. 지금 소개하는 몇 가지 선입견을 타파해야 앞으로 해야 할 과정들을 잘 수행할 수 있을 것이라 생각된다.

첫째, 자서전은 유명인들이나 쓰는 것이다?

이런 생각을 가지고 있는 사람들이 대다수이지만 이건 정말 잘못 이해하고 있는 것이다. 자서전은 유명인들의 전유물이 아니다. 누구나 쓸 수 있고 누구나 써야 한다. 모든 사람들이 자신의 자서전을 쓴다면 이 세상은 분명 더 나아질 것이다. 이것은 인생에 대한 반추, 용서와 참회를 담고 있는 책이기 때문이다.

둘째, 나이가 든 사람(노인분들)이 쓰는 것이다?

이 또한 잘못된 생각이다. 「내 아버지로부터의 꿈」(랜덤하우스 刊)'을 쓴 오바마는 과연 몇 살 때 이 책을 썼을까? 이 책은 명백한 자서전이다. 그런데 그가 이 책을 쓴 것은 '하버드 로리뷰(하버드대학에서 발행하는 법률 잡지)'의 편집장을 하던 시절이었다. 30대 초반의 젊은이가 쓴 책을 과연 온전한 자서전이라고 말할 수 있을까? 맞다. 완벽한 자서전이다. 그 안에 들어있는 내용들을 살펴보면 자서전이 갖추고 있어야 할 모든 요소를 다 갖추고 있기 때문이다. 젊은이라고 해서, 세상을 많이 살아보지 못했다고 해서 자서전을 쓸 수 없다고 하는 것은 선입견일 뿐이다.

대부분의 사람들은 인생을 정리하는 단계에서 쓰는 것이라고 생각하지만 오히려 노인보다는 중장년층의 사람들이 쓰는 것이 더 좋다. 왜냐하면 인생의 중간 점검을 하는 것이 자서전이기 때문이다. 80년 내지 100년을 산다고 가정했을 때, 중장년 시기에 생의 전환점(터닝 포인트)을 갖는 것이 좋다. 그래야 그 이후의 삶에 대한 계획이 더 뚜렷해질 테니까.

책을 한 권 쓴 사람과 그렇지 못한 사람은 생각의 깊이가 다르다. 한 개인에게 적용해 보더라도 책을 쓰기 이전과 이후의 삶은 매우 달라진다는 것을 알 수 있다. 세상을 대하는 태도와 깊이가 달라지는 것이다. 세상을 바라보는 시선이 달라진다. 그러므로 모든 사람이 자신의 책을 한 권씩 쓰길 바란다.

셋째, 책 한권의 분량은 되어야 한다?

책을 쓰려면 적어도 300페이지 짜리는 되어야 한다고 대부분의 사람들은 생각한다. 그러나 그렇지 않다. 책이라고 해서 모두 두꺼운 볼륨을 가져야 하는 것은 아니다. 얇은 책도 책이다. 그러므로 분량에 너무 신경 쓸 필요는 없다. 양이 적어도 책의 가치는 분명 있는 것이니 적게 썼다고 해서 책 같지 않다고 생각할 일은 아니라는 것이다. 용기를 가지고 도전하면 누구나 책 쓰기에 성공할 수 있다.

넷째, 내용을 부풀려 과장해서라도 쓴다?

이건 아니다. 자서전은 정말 솔직하게 써야 한다. 그렇게 쓰지 않을 바에는 하지 않는 게 낫다. 가식으로 치장한다면 그 책을 읽고 누가 감동받을 수 있을까. 감동을 주는 것이 목적은 아니지만 이왕에 쓰는 거라면 본인에게도 흐뭇하고 독자에게도 감동을 주는 이야기를 쓰는 게 좋겠다. 앞에서 프랭클린 자서전의 예도 들었지만 마크 트웨인의 자서전을 봐도 어렸을 때 대단한 말썽 꾸러기였으며 동네에서 사고라는 사고는 다 치고 다녔다는 것을 이야기하고 있다.

다섯째, 내가 쓴 글로 비난받지 않을까?

이것은 누구나 할 수 있는 생각이다. 하지만 구더기가 무서워서 장을 담그지 못한다면 장을 어찌 먹을 수 있겠는가. 내가 솔직해지면 상대방도 솔직해지는 법이니, 남의 평가쯤은 두려워할 필요가 없을 것 같다. 내가 내 인생을 사는 것이지 다른 사람을 위해 사는 것은 아니지 않은가. 다만 문제가 될 만한 내용만 가려내어 제거하면 될 일이다.

여섯째, 대필을 하면 나중에 들통 나지 않을까?

물론 대필에 대한 시선이 곱지 않은 것은 사실이다. 하지만 글을 잘 쓰지 못하는 사람이 다른 사람에게 대신 써달라고 하는 것을 굳이 나쁘다고 생각할 필요는 없다. 우리 몸이 병들면 병원에 찾아가 의사의 도움을 받는 것이 당연한 일이듯이, 글을 잘 쓰지 못하는 사람이 작가의 도움을 받는 것을 나쁘다고 할 수는 없지 않겠는가. 거기에다 굳이 도덕적인 잣대까지 대가며 바람직하니 그렇지 않느니 하는 것은 지나친 억측이라고 생각된다.

▮ 일곱째, 자서전은 반드시 재미 있어야 한다?

자서전은 사소한 기억으로부터 출발한다. 본인에게 중요한 사건이 독자에게는 중요하지 않을 수 있다. 사실, 책이라는 것은 독자가 지루해하지 않고 재미있게 읽을 수 있을 때 그 효용 가치가 있는 것인데, 자서전은 특이한 장르이기 때문에 그 원칙에서 약간 벗어날 수도 있다. 소설류의 책들은 독자들이 재미 없어할 내용을 쓰지 않기 때문에 철저히 독자를 배려하는 글을 쓴다고 할 수 있지만 자서전은 무엇보다도 자신을 위해서 쓰는 책이기 때문에 독자들이 재미없게 생각할 수 있는 부분도 있을 수 있다는 것이다. 경우에 따라서는 '글쓴이가 왜 이런 내용을 굳이 자기 자서전에 넣었을까'라는 의구심이 생길만한 대목도 있다. 그것은 자서전이 가지고 있는 속성 때문이다.

위에서 설명했듯이 다른 사람에게는 중요하지 않은 일도 자신에게는 매우 중요한 일일 수 있기 때문이다. 그것을 먼저 이해하고서 다른 사람이 쓴 자서전을 읽어야 할 것이다.

이상으로, 일곱 가지의 오해를 살펴보았는데 이와 같은 오해를 뛰어넘을 수 있을 때 우리는 자유롭게 우리의 생각과 사상을 글로써 펼쳐나갈 수 있을 것이다. 편견을 버리고 소신껏 행동하자.

와보숑 FM에서 인터뷰

08_

자서전 여행이란?

'자서전 여행'이라는 용어는 필자가 만들어낸 용어이다. 자신의 과거를 생생하게 기억해내기 위해서는 여러 가지 방법이 동원된다. 그 중 한 가지가 자서전 여행을 하는 것이다. 더 다양한 방법들은 뒤에 소개된다.

오바마의 자서전을 보면 그가 케냐로 자서전 여행을 떠나는 장면이 나온다. 그 책에서 이런 용어를 사용하진 않았지만 내용으로 봐서는 자서전 여행이라고 할 수 있다. 그의 아버지는 아프리카 케냐 사람인 흑인이고 어머니는 백인 미국인이다. 그 사이에서 태어나 혼혈인이라는 꼬리표를 달고 살 수밖에 없었기에 인종차별이라는 극심한 스트레스를 겪지 않을 수 없었다. 그래서 청소년기에는 반항아 기질도 있었고 흑백 갈등에 대한 고민이 깊었다. 심지어 학교 선생님 앞에서 술 냄새를 풍기며 대들었던 적도 있었다고 한다. 그랬던 그가 자신의 진정한 정체성 (identity)을 찾기 위한 고민 해결책으로 자서전 여행을 택한다. 흑인과 백인 사이에 태어난 그는 그 어느 쪽에도 소속될 수 없을 것 같은 정체성 혼란에 빠졌을 것이 분명하다. 자신을 규정짓는 것이 정체성인데 그것이 혼란스러우면 안절부절 못하는 것이다.

아버지의 고향인 케냐에 가보아야 자신의 뿌리를 알 수 있을 것 같았다. 그곳이 아버지의 고향이었기 때문이다. 드디어 결심을 하고 비행기를 탄 오바마의 옆에는 영국 청년이 있었는데 그와 대화를 나누다보니 극심한 분노와 혼란에 빠지고 만다. 아프리카는 가난한 떨거지들이 사는 저주받은 땅이라고 청년이 말한 것이다. 이야기를 나눈 후, 비행기에서 보려고 가져간 안내 책자를 꺼내 읽어보니 거기에도 역시 아프리카를 그와 같이 묘사하고 있었다. 그러니 더 화가 났음을 짐작하고도 남는다. 결국 아프리카에 도착한 그는 흑인들과 생활을 해보고 나서 마음의 평안을 찾는다. 백인 우월주의 사상이 있는 미국에서 흑인의 모습으로 살았을 때는 그들과의 관계가 몹시 불편했는데 흑인의 땅에 와보니 진정한 고향에 온 기분이었다는 것이다.

여기에서 알 수 있듯이 사람의 마음은 고향에 있을 때 가장 편안하고 정신적 안정을 유지할 수 있는 것 같다. 자신의 과거나 조상들의 면면을 살펴보는 것은 그래서 중요한 것이다. 오바마가 찾아간 곳은 아버지의 고향이었다. 우리가 자서전을 쓸 때는 우리의 고향을 찾아가는 것이 좋다. 이것이 자서전 여행이다.

그러나 고향을 찾아가는 것 외에도 많은 활동을 통해 우리의 기억을 더 찾아낼 수 있다. 어린 시절부터 거슬러 올라가며 자신이 살았던 장소(집, 마을)를 찾아가보고 다녔던 학교나 직장, 또는 자주 다니던 장소를 가보는 것이 좋다. 이렇게 함으로써 잊었던 사건이 떠오를 수 있고 기억에 도움을 준다. 예를 들어 자신이 다녔던 고등학교나 대학교에 찾아가보면 수많은 기억들이 되살아나는 것을 경험할 수 있다. 이렇듯 현장에 찾아가는 것이다. 떠나기 전에는 카메라나 메모지, 필기도구를 챙겨가는 것이 좋다. 기억은 떠올랐다가 금세 사라지는 경우가 많기 때문에 그때그때 기록해 두어야 한다. 요즘에는 스마트폰에 훌륭한 기능들이 많이 들어있으니 이것을 이용하면 좋다. 사진도 찍고, 동영상도 촬영하고, 펜으로 종이에 기록하는 것도 좋다. 기억에 도움이 되는 것이라면 최대한 활용하는 것이 좋다.

자서전을 쓰려면 많은 글감을 찾아내야 한다. 글감이 많이 모이면 그것을 가지고 한 편의 멋진 자서전을 쓸 수 있지만 글감이 너무 적으면 써내기가 쉽지 않다. 요리를 잘 하려면 우선 식재료가 좋아야 한다. 음식 솜씨도 중요하지만 재료가 신통치 않으면 훌륭한 요리를 만들 수 없다. 마찬가지로 책을 쓰기 위해서는 글의 재료라고 할 수 있는 글감이 풍부해야 한다. 그런데 글감은 누가 가져다주는 것이 아니고 스스로 찾아내야 한다. 자서전의 글감은 과거의 기억이다. 기억을 많이 찾아내야 그 가운데에서 필요한 것과 불필요한 것을 선별할 수가 있고, 훌륭한 글감을 걸러내야 양질의 글을 써낼 수 있다. 글감을 찾아내는 것은 여러분의 몫이고, 그것을 잘 해내기 위해서 가능한한 많은 방법을 동원해야 한다. 자세한 것은 뒤에서 좀 더 다루기로 한다.

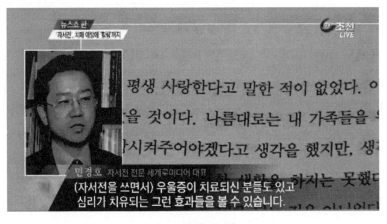

TV조선에 소개

09_

열등감, 콤플렉스, 트라우마 다루기

'열등감'이라는 말은 사람들의 입에서 흔히 오르내리는 말이 아니다. 생각하기조차 싫기 때문이다. 누구나 열등감이 있음에도 불구하고 그것을 드러내려고 하는 사람은 아무도 없다. 아무렇지도 않은 척, 태연한 척, 가면을 쓴 얼굴을 하고 있지만 사실은 말 못할 열등감에 시달리고 있다. 이것은 비단 몇 사람에 한정된 이야기가 아니다. 우리 모두의 이야기다. 특정 사건에 대해 과민 반응을 보인다든지 화를 내는 등, 이해하기 어려운 행동을 하는 것도 그 원인을 분석해보면 열등감이나 콤플렉스에 의한 반응인 경우가 많다. 트라우마 또한 같은 범주 안에 있는데 이를 극복하는 사람만이 세상을 행복하게 살 수 있는 것이 아닌가 생각된다.

모든 사람이 모든 능력을 골고루 갖고 있지는 않다. 내가 가진 능력을 다른 사람은 갖지 않았고, 내가 갖지 못한 능력을 다른 사람은 가지고 있다는 것을 우리는 경험을 통해 알고 있고 또 인정한다. 그러나 유독 우리는 자기가 가지고 있지 않은 능력에만 집착하여 열등감을 가지는 것이다. 그래서 불행해지는 것이 아닌가 싶다. 가진 것에 대해 감사하는 습관을 기르는 것이 좋겠다.

미국의 저명한 토크쇼 진행자 오프라윈프리가 많은 사람들에게 사랑받는 것도 바로 이 솔직함 때문일 것이다. 그녀는 어렸을 때 성폭행을 당했고, 이 사실을 방송에서도 밝혔다. 이 솔직함과 당당함 때문에 많은 사람들은 그녀의 이야기에 귀를 기울여주고 공감하고 환호한다. 약점과 트라우마는 마음속에 고이 간직하고 있다고 해서 없어지는 것이 아니다. 오히려 그 반대로 발설을 통해 해결책을 찾고 도움을 구하는 것이 낫다. 콤플렉스를 극복한 사람들은 우리가 아는 사람들 중에도 아주 많이 있다. 대표적인 경우가 베토벤 같은 사람이라고 생각되는데 그는 이미 젊었을 때부터 귀머거리가 되어서 작곡가로서의 생명은 끝났다고 할 수 있었지만 그것을 뛰어넘어 위대한 명곡들을 만들어내지 않았던가. 열등감은 우리가 어떻게 다루느냐에 따라 다른 모양을 가지고 우리에게 다가온다. 자서전 쓰기를 통해 이것을 정복해보자.

10_
자서전 쓰기를 쉽게 하지 못하는 이유

일반인들이 자서전을 쓰려고 마음을 먹어도 실행에 옮기기 어려운 요인이 몇 가지 있다. 이것을 정복하면 좀 더 쉽게 달성할 수 있을 것 같다.

첫째, 글쓰기가 어렵다고 생각하기 때문이다

객관적으로 보면 글쓰기라는 것이 쉽지 않은 일이다. 말하기는 우리가 아주 어렸을 때부터 줄곧 해왔기 때문에 큰 장애 없이 자유롭게 할 수 있지만 글쓰기는 다르다. 하지만 이것도 깊이 생각해보면 그리 어렵게만 생각할 일도 아니다.

우리가 언어를 습득하는 과정을 살펴보자. 태어나면서 부터 말하는 사람은 없다. 아기가 말을 배우는 것은 어른들의 말을 끊임없이 듣고 그것을 흉내 내는 과정에서 이루어진 것이다. 그리고 이것이 프로그램화하여 두뇌에 말하는 방식이 저장되어 있기 때문에 일정한 패턴과 순서에 따라 말을 잘 할 수 있게 된 것이다. 따로 문법을 배우지 않아도 말을 할 수 있는 것은 이 때문이다.

그렇다면 글쓰기는 어떨까? 여러분이 이제껏 살아오면서 작문을 해 본 시간이 얼마나 되는지를 생각해보면 본인의 문제점을 알게 될 것이다. 글을 써보려는 노력을 하지 않았고 글을 써 본 시간이 많지 않다는 것을 알게 될 것이다. 글을 쓰지 못하는 것이 아니라 글을 써 본 시간이 절대 부족하다는 것이다. 그렇다고 해서 실망할 필요는 없다. 우리의 두뇌에는 말에 대한 체계(문법)가 프로그램되어 있다. 그것을 활용하면 된다. 글이라는 것은 말을 종이에 옮겨 적은 것이라고 해도 틀린 말은 아니다. 그러나 말과 글이 엄연히 다른 점은 있다. 구어체와 문어체가 다르듯이 말과 글이 똑같을 수는 없다. 그렇다고 해도 글은 말의 연장선 상에 있으므로 글을 쓰는 일이 그렇게 어려운 일은 아니다. 말을 할 수 있는 사람이라면 글도 쓸 수 있다.

자서전 쓰기 실습 시간에 수강생들에게 시간을 주고 주제에 대한 글을 써보라고 하면 머뭇거리는 사람들이 많지만 그래도 펜을 들고 쓰기 시작하면 멋진 글을 써내는 것을 여러번 보았다. 일단 써보기 전에는 자신의 실력을 알 수 없다. 해보지 않고는 잘 할 수 있는지 없는지를 알 수 없다. 그러니 일단 시작하는 수밖에 없다.

필자는 일기를 오랫동안 쓰면서 작문에 대한 요령을 터득했고 그것이 나중에는 생활화되어 일기 쓰는 일이 습관이 되어버렸다. 스스로 써 놓고 나서 읽어보았을 때 좀 어색하다고 생각되는 부분을 고치는 것만으로도 충분히 작문 스킬을 익힐 수 있는 것이다. 글쓰기를 두려워하거나 어려워하는 사람들은 그 과정을 겪지 않았기 때문이라고 생각하면 된다. 거기에 조금만 더 욕심을 낸다면 전문적인 문법 강의를 듣는 것이 좋겠는데 이것은 큰 도움이 된다. 그러나 그렇게 하기에는 시간과 노력을 많이 들여야 하므로 일반인들에게 크게 권장할 일은 아니다. 일반인들이 논문을 쓸 것도 아니고 소설 작품을 쓸 것도 아닌데 문법 강의까지 들어야 한다면 글쓰기를 더 어렵게 받아들일 수도 있기 때문이다. 그저 작문에 필요한 최소한의 문법 정도만 익혀도 글을 쓰는 데는 부족함이 없다.

「스누피의 글쓰기 완전정복」(한문화 刊)이라는 책에서는 글쓰기의 원리에 대해 다음과 같이 말하고 있다.

"모든 글쓰기는 독학이다. 오랜 시간에 걸쳐 충분히 글을 쓰는 것만으로 글쓰기에 필요한 모든 것을 배울 수 있다.처음에 쓰다 보면 자기가 보기에는 어디 하나 빠지는 게 없는 것처럼 보이는 게 가장 큰 문제다. 정말 대단한 글을 썼다고 확신할 수밖에 없다. ~ (중략) 엄격하게 자신의 글을 평가할 수 있는 냉정한 시선을 유지하는 법을 익혀라. 이런 방식, 이런 시선이 가장 소중 하다. 자신의 내면을 통해 글 쓰는 방법을 익힐 수 있기 때문이다."

위의 내용은 수 그래프턴(Sue Grafton)이라는 베스트셀러 작가가 한 말이다. 그러므로 글쓰기를 두려워하거나 기피할 필요는 없다. 숨을 쉬듯이 자연스럽게 받아들이고 약간의 연습만 지속적으로 한다면 누구나 훌륭한 글을 쓸 수 있다.

둘째로, 과거를 잘 기억해내지 못하기 때문에 자서전 쓰기를 쉽게 하지 못한다

이 문제는 과학적인 방법으로 해결할 수 있다. 실전과 관련된 책인데 필자가 쓴 「내 자서전 쓰기 실전BOOK」에는 기억을 도와줄 많은 질문들이 들어있다. 가령, 기자라든가 아니면 자서 전을 대신 써주는 대필가의 경우를 살펴보자. 대필가는 자신이 겪은 일도 아닌 사실을 가지고 어떻게 책을 쓸 수 있을까? 의뢰

인과의 인터뷰를 통해 글감을 찾아내고 그것을 멋진 글로 완성하는 것이다. 이와 똑같은 메커니즘을 일반인 자서전 쓰기에도 적용할 수 있다. 마치 기자나 대필가가 인터뷰 대상자에게 미리 준비해 간 질문을 하고 그 답변을 들으며 글감을 찾아내듯이, 본인 스스로 그 질문에 대한 대답을 완성해 나가는 것이다. 그냥 막연하게 책상 앞에 앉아서 머리만 감싸안는다고 해서 오래 전에 있었던 일이 생생하게 떠오르는 것이 아니다. 그러므로 뭔가 뇌에 자극을 줄 만한 단서를 제공해 주어야 하고 그것을 질문과 답변이라는 형식으로 풀어나가는 것이다. 과거를 기억해내는 방법은 뒤에 더 자세하게 다룰 것이다.

▌셋째로, 과거의 고통스러웠던 기억과 만날까봐 자서전 쓰기를 쉽게 하지 못한다

대부분의 사람들은 과거를 떠올리면 힘들고 어려웠던 일이 떠올라 더 이상 생각하려 하지 않는다. 가령, 군대를 제대한 사람에게 한 번 더 군대에 가라고 하면 질색을 할 것이다. 악몽 같은 고통의 순간이 떠오르기 때문이다. 그렇지만 어찌 보면 우리의 인생이라는 것은 그 하나하나의 조각들이 연결되어 오늘날의 '나'를 형성한 것이다. 그때 그 사건이 없었다면 지금 나의 모습도 달라졌을 것이라고 한다면 과거의 사건 하나 하나는 자신의 인생 전체로 보았을 때 분명 소중한 것이다. 단지 행복했던 순간만을 생각하고 싶은 인간의 본질적 특성 때문에 고통스러웠던 일을 기억하고 싶지 않을 뿐이다.

　인생은 누구나 처음으로 하는 여행이다. 먼저 살아보고 나서 두 번째로 살아보는 것이 아니다. 그러기에 실수할 수 있고 잘못된 길로 갈 수 있는 것이다. 다만 그 실수와 과오를 인정하고 나서 자신을 용서하고, 그 사실을 있는 그대로 받아들이고, 새로운 각오를 다지며 같은 실수를 반복하지 않는다면 그로써 최선을 다했다고 할 수 있지 않을까? 실수 없이 완벽한 인간이 되길 바라는 건 지나친 욕심이라는 생각이 든다. 그러니 자기에게 슬퍼하거나 노여워하며 과거의 기억을 지우는 행위는 매우 잘못된 것이다. 자서전 쓰기를 하면서 그에 대한 반성과 참회와 용서를 하기 바란다. 고통스러웠던 기억을 피해 도망가지 말고 당당하게 맞서서 다시 한 번 그 일의 의미를 따져보는 것, 이것이 자서전 쓰기를 하는 궁극적인 목적인 것이다.

11_
과거를 기억해내는 방법

이것은 앞에서 일부 설명했으므로 중복되는 내용은 간단히만 설명하고 넘어가기로 한다. 크게 네 가지로 생각해볼 수 있다.

첫째, 질문지에 답을 쓰면서 글감을 찾아내는 것이다

이것은 앞에서 설명한 바와 같다.

둘째, 사진 자료를 모으는 일이다

예전에 찍어두었던 사진들이나 앨범에 꽂혀있는 사진들을 모두 모아놓고 한 장 씩 넘기며 당시의 사건을 회상해본다. 그냥 보는 것으로 끝내지 말고 그 사진이 담고 있는 메시지를 파악해야 한다. 시간 배경은 언제이며, 공간 배경은 어느 곳이며, 무엇을 하는 장면이며, 왜 그 사진을 찍었으며, 그 사진이 담고 있는 스토리는 무엇인지를 스스로 생각해 보는 것이다. 그리고 기록한다. 우선, 간단한 메모 형식으로 기록하는 것(사진 설명을 달아놓는 정도)도 좋고 스토리텔링을 하는 것도 좋다. 사진은 가급적이면 시간 순으로 배열해놓고 사건의 전개 상황을 떠올려보면 많은 이야깃거리(글감)를 얻을 수 있다.

셋째, 장소 찾아가기이다

이것도 앞에서 설명한 바와 같다. 고향이나 학교 등을 찾아가라고 했다. 자서전 여행에 대한 설명도 했다.

넷째, 메모하기다

메모는 매우 중요하다. 순간적으로 떠오른 것을 잠시 후에는 잊어버릴 수 있기 때문이다. 기억한 것으로 끝내서는 안 된다. 기억이 흐릿해지지 않도록 뭔가 단서가 될 만한 키워드를 간단하게라도 메모해두어야 한다. 길을 가다가 생각이 나더라도 메모할 수 있게 항상 준비하고 다니는 게 좋다. 요즘은 스마트폰의 기능이 다양해져서 기록하는 것도 여러 가지 방법으로 할 수 있다. 스마트폰으로 문자 입력을 해놓는다든지, 그 즉석에서 사진을 찍어둔다든지, 동영상을 찍는다든지, 녹음을 해놓는 것도 손쉬운 기록 방법이다.

  위에서 설명한 방법들이 습관화되면 자서전 쓰기가 한결 쉬워질 것이다.

강남도서관에서 진행한 자서전 쓰기 강좌

"아직 끝나지 않은 자서전, 2부도 써보고 싶어"

중장년 15명 자서전 출판기념회
"인생 전환점, 자아 성찰 글쓰기로 과거 돌아보고 미래 설계해"

2016년 도서관 길 위의 인문학 자서전 쓰기 프로그램 참가자들이 자서전을 든 채 기념 촬영하며 강남도서관 사서를 바라보고 있다.

고백은 간혹 부끄러운 것이다. "말의 권유로 온라인 데이트 사이트에서 알게 된 철우씨와의 첫 만남은 설레었다." 남편을 떠나보내고 유방암 말기 진단을 받은 뒤 미국에서 투병 생활을 하다 2014년 귀국한 김정현(52)씨가 자서전을 읽어나갔다. 철우씨와의 사랑은 결국 오해와 다툼 끝에 허물어졌다. "상대방의 주변을 살펴야 사람을 알 수 있고, 내 감정에 휘둘리지 않으면 불장난으로 끝날 수도 있다는 것을 알았다." 고백이 마음을 정화한다.

24일 오전 서울 강남도서관에서 40대 이상 중장년 15명의 자서전('세상을 바꾸는 자서전 쓰기') 출판기념회가 열렸다. 문화체육관광부·한국도서관협회·조선일보가 공동 주최하는 '2016년 도서관 길 위의 인문학' 프로그램 일환으로 전국 12개 도서관에서 지난 5월부터 열린 수업의 결과물이다. 이번 행사를 진행한 오향려 사서는 "인생의 전환점에 선 이들의 과거 반추를 통해 미래를 설계하는 인문학 수업이었다"고 의의를 설명했다. 모임은 지난

6월부터 매주 목요일, 2시간씩 20회 동안 이어졌다. 수업은 연상법 설문지(영·유아기~최근)를 통해 과거를 회고하고, 서술하고 공유하는 순서로 진행됐다. 강의를 맡은 민경호(49)씨는 "자서전은 자아 성찰의 글쓰기"라며 "나를 돌아보는 것이야말로 인문학의 시작"이라고 말했다.

자신의 인생이 담긴 책을 손에 쥔 이들은 돌아가면서 자서전을 한 쪽씩 읽어나갔다. 최고령 이재은(77)씨는 "작년에 중학교 동창이 자서전을 낸 걸 보고 나도 해보고 싶다는 생각이 들었다." "워낙 옛날 일이라 떠올리기 힘들었지만, 그것만으로도 유년으로 돌아가는 기분이었다"고 말했다. 2011년 서울시 공무원으로 명예퇴직한 장기연(65)씨는 "자서전을 쓸 각오로 일상을 살아간다면 절대 이상한 짓 못한다. 살아오면서 누군가를 증오하기도 했지만, 훗날 보면 그것마저 추억이 된다는 게 신기하다"고 말했다. 자존감 향상

강의를 다녀간 진소희(51)씨는 이번 자서전에 '어머니의 자서전'을 실었다. 자서전의 마지막 문장은 '우리 6남매·가족 고맙고 사랑한다'로 끝난다. "어머니 75년 인생을 살피는 과정이 곧 나를 되짚어보는 일이었다"며 "어머니와 나란히 앉아 오래 얘기하고 사진도 뒤적이는 게 행복했다"고 말했다.

자서전은 끝나지 않았다. 참석자 전원이 "앞으로도 인생을 기록해 나가겠다"고 말했다. 이재은씨는 "이번엔 1부에 해당하는 40대까지의 일을 썼는데, 2부를 쓰고 싶다. 문장도 재밌게 해서 읽는 맛도 내고 싶다"고 말했다. 장기연씨는 이미 후속 작업에 착수했다. "휴지 한 장도 없이 태어나 고졸 검정고시만 세 번 떨어져 먼저도 참 열심히 살았습니다. 두 번째 자서전이 언제 발간될지 모르지만 손자에게 보여주고 싶어요 힘들 때 참고가 될 수 있도록."

정상혁 기자

조선일보에 실린 기사 (자서전 쓰기 강좌 종료를 기념하며)

강남도서관 자서전 쓰기 강좌 종료 후 수강생들이 제출한 글을 모아 만든 책 (22명의 수강생 글을 모은 작품집)

12_

당신의 이야기를 하라

이야기에는 생명력이 있다. 제2부에 가면 스토리텔링에 대한 설명이 나오는데 여기서는 '이야기'라는 관점에서 자서전 쓰기에 접근하고자 한다.

예전에 필자가 입시학원에서 강사를 하던 시절이었다. 경력이 오래되지 않았던 때라서 강의 노하우를 한창 배워가던 중이었다. 하루는 원장님이 부르셨다.

"민 선생님, 강의 시간에 아이들과 이야기도 많이 나누시죠? 강의만 하시면 안 됩니다. 재미있는 이야기도 해줘야 아이들이 좋아합니다."

"네. 많이 노력하고 있습니다. 원장님께서 노하우를 많이 알려주시고 지도해주십시오."

"하나만 물어봅시다. 아이들에게 이야기를 해 줄 때 어떤 이야기를 하는 게 가장 좋을까요? 아이들이 좋아할 만한 것이라면 되겠지만 그래도 뭔가 기준이 있어야 하지 않을까요?"

"글쎄요. 뭐 책에서 읽었던 이야기나 신문, TV에서 봤던 게 좋지 않을까요?"

"그것도 좋지만 제 생각은 다릅니다. 다름 아닌 선생님 자신의 이야기를 해 주십시오. 그게 가장 좋습니다. 다른 데서 들은 이야기는 생생한 감동을 줄 수 없어요. 당신 자신의 이야기를 생생하게 전달하십시오. 분명히 아이들은 귀담아 들을 겁니다."

"아, 그렇군요. 듣고 보니 맞는 말씀이네요. 명심하도록 하겠습니다. 감사합니다."

그날의 대화는 이렇게 이어졌다. 원장님께서 아주 핵심적인 이야기를 해 주신 것이다.

자서전이야말로 자신의 이야기를 생생하게 전달하는 리얼 스토리 모음집이다. 이보다 더 생동감 넘치는 이야기는 없다. 어떤 소설도 어떤 문학작품도 자서전의 리얼리티를 따라가지는 못한다. 그래서 진정한 감동을 주는 문학은 자서전인 것이다. 소설은 픽션(fiction)이다. 즉 꾸며낸 이야기라는 것이다. 하지만 자서전은 있었던 그대로, 사실 그대로를 전달하는 것이므로 살아있는 글이다.

우리는 이제껏 세상을 쫓아다니면서 살아왔고 세상에 휘둘리면서 살았고 세상 사람들의 이야기에 지나친 관심을 쏟으며 살아왔다. '세상이 원하는 나'를 만들기 위해서만 달려왔다. 또, 그것이 옳은 일인 줄 알고 살아왔다. 대학을 졸업하면서 취업을 하려고 하는 학생들이 온갖 스펙 쌓기에만 열을 올리는 것도 그런 이유 때문인데 그렇게 하는 것만이 진정으로 잘 살아가는 처세 방법인지는 깊이 고민해보아야 한다. 세상에 잘 적응하고 살려면 그렇게 해야만 한다고 생각하며 살아왔다. 우리의 가치관은 그렇게 굳어져있다. 하지만 '세상이 원하는 나'를 만들며 살다 보니 진정한 나에 대한 성찰이나 내면 깊은 곳에서 울려나오는 목소리는 그저 무시한 채 살아온 것이다. '나'는 없고 내 앞에 '세상'만 있는 것이다. 그러니 나의 목소리는 점점 기어들어가 없어지고 마는 결과가 되는 것 아닌가. 세상을 향해 외쳐보고 싶은 말이 많은데 세상을 따라가는 나는 그렇게 하지 말라고 내게 주문한다. 이것이 우리가 가지고 있는 문제점이다. 신문을 읽고, 뉴스를 시청하고, 세미나에 참석한다고 해도 거기에는 여러분의 이야기가 없다. 전부 남의 이야기뿐이다.

'나'의 이야기를 하라. 그것이 개성이고 그것이 '나'의 가치다. 남을 의식하지 말고 나의 마음 속 깊은 곳으로부터 울려나오는 소리에 귀를 기울여라. 그것이 세상에 공포될 때 세상은 나에게 박수를 쳐 줄 것이다.

13_

자서전은 누가 써야 하는가?

　자서전을 쓰기는 나이 제한을 둘 필요가 없다. 성별 제한도 없고 학력 제한도 없다. 다만 굳이 제한을 둔다면, 생각할 수 있는 능력이 있느냐 없느냐, 자아 정체성을 가질 수 있는 나이냐 아니면 그보다 어리냐 하는 문제만 있을 뿐이다. 다시 말해서 자아에 대해 고민하는 10대 청소년기부터는 누구나 자서전을 쓸 수 있다는 얘기다. 일반인(general people) 모두가 써야 한다고 생각한다.

　가장 적절한 연령대가 언제냐고 묻는다면 50대 중반 정도라고 해야 할 것 같다. 그 시기는 주로 직장에서 퇴직하는 연령인데 인생에서 매우 중요한 때다. 퇴직을 전후로 하여 쓰게 되면 그 시점을 기준으로 새로운 제2의 인생을 계획하는 기회를 가질 수 있어서 좋다. 퇴직을 앞둔 남성들 뿐 아니라 중년 여성들에게도 좋다. 자녀들이 자라나 스스로 일을 알아서 처리할 정도가 되면 그때부터 중년 여성들은 갱년기와 우울증에 시달리는 경우가 많다. 시간을 의미 없이 허비하고, 가치 있는 일에 매달리기 어려운 시기이기도 하다. 공허함을 느끼는 시기이기도 하다. 그러나 자서전 쓰기의 유익함을 경험한다면 많은 여성들도 이 작업에 동참하리라고 본다.

자서전 쓰기는 인생에 대한 중간 점검을 하는 글쓰기 작업이다. 그러므로 나이가 너무 많이 들기 전에 쓰는 것이 좋다. 노년에 쓰게 되면 살아온 날보다 살아갈 날이 짧기 때문에 중간 점검을 하는 것이 아니라 마지막 정리를 하는 셈이 된다. 그만큼 누릴 수 있는 긍정적 효과가 적다는 것이다. 노년에 쓰는 것이 좋지 않다는 뜻이 아니라, 중장년기에 쓰면 자서전의 더 많은 긍정적 혜택을 얻을 수 있다는 얘기다. 나이를 불문하고 많은 사람들이 자서전 쓰기에 도전하면 좋겠다.

14_

글쓰기를 잘 하려면?

잘한다는 기준을 어디에 둬야할지 애매하기는 하지만 객관적으로 남들로부터 칭찬받을 만한 수준이라고 정해보자. 이렇게 글쓰기를 하려면 어떻게 해야 할까? 아주 전문적이지 않으면서 보편적으로 쉽게 이해할 수 있는 범위 안에서 몇 가지 요령을 정리해본다. 여기에 소개하는 것만 가지고 다 되는 것은 아니지만 이 원칙들만 지키면 상당수의 실수를 줄여나갈 수 있다.

첫째, 호응관계를 맞춰 써라

문장을 쓸 때 호응관계는 매우 중요하다. 여기서 '호응'이라는 것은, 앞에 어떤 말이 오면 거기에 응하는 말이 뒤에 따라온다는 뜻이다. 다시 말해서 하나의 쌍을 이룬 것처럼 한 문장 안에 함께 등장한다는 뜻이다. 글을 쓸 때는 이것을 대원칙으로 생각하면 된다. 한 문장 안에서 호응관계를 지키지 않으면 그 문장은 비문이 된다. 문장이 아니라는 얘기다.

쉽게 예를 들면, '결코'라는 단어는 같은 문장 안에 '아니다'라는 말이 반드시 나와야 맞는 문장이 된다. 긍정문이 아니라 부정문이 되어야 한다는 것을 의미한다. "나는 결코 천재가 아니다"(부정문)라는 문장은 맞는 문장이지만 "나는 결코 천재다."(긍정문)라고 하면 틀린 문장이 된다. '결코'라는 말은 같은 문장 안에 반드시 부정을 나타내는 말이 서술어로 나와야 한다는 뜻이다. 호응관계에 대한 설명을 하자면 내용이 많으니 이것으로만 정리한다.

글쓰기 초보자들은 대부분 이 원칙을 지키지 않는다. 한 문장 안에서 반드시 지켜야 할 사항들을 지키지 않는 경향이 있다. 초보자들이 많이 실수하는 것은 반복이나 중복되는 말을 한 문장 안에서 사용한다는 것이다. 글 전체의 구성이나 전개도 물론 중요하지만 각각의 문장에서 지켜야 할 사항들을 정확히 제대로 지켜줘야 아마츄어 수준을 벗어날 수 있다.

우리 국민들이 아주 잘못 알고 있는 문장 오류를 하나 짚어보고자 한다. '너무'라는 단어는 원래 '지나치게'라는 의미이다. 한계를 초과하거나 과하다는 의미이다. 그런데 이것을 '매우'라는 뜻으로 착각하고 사용하는 사람들이 많다. "너무 아름답다." "너무 맛있다."와 같은 말은 잘못된 말이다. "너무 아름답다."고 하면 **"지나치게** 아름다우니 덜 아름다워야 좋겠다."는 의미이고, "너무 맛있다."라고 한다면 **"지나치게** 맛있으니 덜 맛있는 게 좋겠다."라는 의미이다. 그러니, "매우 아름답다." "정말 맛있다."등으로 고쳐 사용해야 한다. 그런데 이런 말을 분별 없이 사용하는 사람들이 많다는 것은 정말 안타까운 일이다. 단어마다 고유하게 가지고 있는 뜻이 있는데 그것을 파괴하고 마음대로 사용하는 것은 언어질서를 깨뜨리는 행위다. 언어는 곧 얼이다. 바른 언어생활을 한다는 것은 우리의 얼을 지킨다는 의미와 통한다. 바른 말을 사용하자.

▌둘째, 어순을 제대로 맞춰 써라

문장을 쓸 때 어순은 매우 중요하다. 처음에는 비문이었던 문장이라도 단어 하나의 위치만 바꾸면 완벽한 문장으로 바뀌는 경우가 종종 있다. 때로는 한 문장이 두 가지의 의미로 해석될 수 있는 문장도 있는데 이런 경우에 단어 하나의 위치만 바꾸어 놓아도 정상적인 문장이 되기도 한다. 아래의 문장이 그런 경우다.

"경찰관이 소리를 지르며 도망가는 도둑을 쫓았다."

이 문장을 자세히 읽어보면 두 가지의 의미로 해석할 수 있다.

① "경찰관이 소리를 지르며 / 도망가는 도둑을 / 쫓았다."처럼 (/) 가 있는 곳에서 의미를 끊으면, 경찰관이 도둑에게 "야, 이놈아, 서라."라고 소리를 지르며 뒤쫓았다는 의미이다.

② "경찰관이 / 소리를 지르며 도망가는 도둑을 / 쫓았다."처럼 (/) 가 있는 곳에서 의미를 끊어본다면 도둑이 "나는 죄 없으니 따라오지 마시오."라고 소리를 지르면서 도망가고 뒤에서 경찰이 쫓아갔다는 의미이다. 그러나 이 문장을 쓴 사람이 ②번의 의미로 쓰지는 않았을 것이라고 본다.

그렇다면 한 문장을 가지고 이렇게 두 가지로 해석할 수 있으니 이 문장은 잘못된 문장이다. 그러니 문장을 고쳐야 한다. 독자가 정확히 하나의 의미로 파악할 수 있게 하려면 단어의 위치를 바꾸어야 한다. ②번 문장을 ①과 같은 의미를 가질 수 있게 고쳐보자. 이 때는 목적어에 해당하는 "도망가는 도둑을"을 문장의 맨 앞에 위치시키면 된다. 이렇게 고친다.

"도망가는 도둑을 / 경찰관이 소리를 지르며 / 쫓았다."라고 하면 뜻이 분명해진다. 이렇게 하면, 단어의 위치를 바꿔주는 것이 앞과 뒤의 의미를 분리시켜주는 역할을 하기 때문에 의미 전달이 확실해진다.

또 다른 방법이 있다. 문장 중간에 (,) 하나만 넣어주면 된다. "경찰관이 소리를 지르며, 도망가는 도둑을 쫓았다."이렇게 하면 의미가 둘로 나뉘기 때문에 처음과 같이 두 가지로 해석되는 오류를 피해갈 수 있는 것이다.

이렇게 의미가 혼동되지 않도록 전달되게 문장을 쓰는 것이 옳은 글쓰기이다.

█ 셋째, 일기를 써라

글쓰기 연습은 거창한 것에서부터 시작되는 것이 아니다. 신변잡기에 관한 글을 자유롭게 표현할 수 있을 때 글쓰기도 완성되었다고 할 수 있다. 길고 어렵게 문장을 쓴다고 해서 잘 쓰는 것이 아니다. 미사여구를 많이 동원한다고 해서 잘 쓴 글도 아니다. 독자가 거부감 없이 술술 읽어나갈 수 있게 쓴 글, 그리고 의미의 오해 없이 의사 전달이 확실하게 되는 글이 잘 쓴 글이다. 그렇기 때문에 글쓰기는 부담 없이 쓰는 글에서부터 시작해야 한다. 가장 부담 없이 쓰는 글이 일기이고 그 다음이 수필이다. 글을 잘 쓰고 싶다면 오늘 당장 일기부터 쓰기 시작하라. 그저 하루 동안 지내온 일들을 생각하면서 상황이나 사건을 글로 옮기는 연습을 하면 그것으로 족하다. 잘 쓰고 못 쓰는 문제는 그 다음에 생각할 일이다. 많이 써 보면 스스로 터득하는 것이 있다. 그것이 바로 글쓰기 노하우이다. 일기를 강조하는 이유는 초보자가 도전하기에 가장 쉬운 글쓰기이기 때문이다.

넷째, 정독하라

우리 주변에는 무수한 글들이 넘쳐나고 있는데 인터넷이 발달하면서부터는 더욱 많아졌다. 일반인들도 글을 써서 남들에게 공개할 수 있는 방법이 많아졌다는 의미이기도 하다. 이것은 글쓰기를 시도하는 사람들에게는 매우 좋은 환경인 셈이다. 블로그를 만들어 일기를 쓰듯이 글을 써서 자신의 생각을 올릴 수도 있고 트위터나 페이스북에 글을 올려서 다른 사람들의 평가를 기대할 수도 있다. 그런데 한 가지 약간 아쉬운 점이 있다. 누구나 쉽게 글을 쓰다 보니 전체 양은 많아졌지만, 제대로 검증된 책이나 글들이 상대적으로 대우를 받지 못하는 경우가 있다. 책을 쓸 때는 저자가 각별히 신경을 쓰고 다듬어서 정제된 단어를 사용하고 문법에 맞는 어법을 구사하지만, 일반인들이 쓴 문장들은 그렇지 못한 경우가 많기 때문에, 독자들 입장에서는 잘못된 문장들을 읽으면서도 잘못된 것을 가려내기가 어렵다는 문제가 있다. 그러므로 정식으로 출판 절차를 거쳐 발행된 출판물을 많이 읽는 것이 좋다. 또 이런 책은 명확하게 의미를 전달하고 제대로 된 어법을 사용하기 때문에 이렇게 검증된 책을 읽으면 바른 문장을 접할 수 있다는 장점이 있다. 이러한 책을 정독한다면 굳이 따로 국어 교육을 받지 않아도 바른 어법을 익힐 수 있다. 다독이 중요하긴 하지만 올바른 문장을 많이 접하는 것 역시 매우 중요하다는 것을 강조한다.

다섯째, 모방하라

'모방은 제2의 창조'라는 말이 있다. 맞는 말이다. 잘 쓴 글을 많이 읽어보고 비슷하게 따라하는 것이 본인의 실력을 향상시키는 데는 매우 결정적인 역할을 한다. 훌륭한 표현이나 기법, 혹은 전개 방식을 잘 기억해두었다가 자신이 글을 쓸 때 활용하거나 응용하여 자신의 스타일로 바꿔 사용할 수 있다면 아주 좋다.

여섯째, 글쓰기에 대한 편견과 두려움을 떨쳐 버려라

글쓰기는 특정한 사람만이 할 수 있는 일이 아니고, 누구나 할 수 있는 일이므로 거부감이나 두려움을 가질 필요는 없다. 컴퓨터가 처음으로 도입되던 시기에, 어떤 사람은 컴퓨터 스위치를 켜는 것조차 두려워했다는 이야기도 있었다. 자기가 만지면 망가지기라도 할 것 같아서 아예 멀리 했다고 하는데 이렇게 막연한 두려움을 가지는 것은 자기 발전을 스스로 막아버리는 어리석은 행동이다. 글쓰기도 도전해볼만한 일이다. 그리고 즐길 만한 일이다. 여러 번 해 보면 누구나 즐거운 마음으로 기쁘게 글쓰기를 즐길 수 있다.

tbs 방송 인터뷰 장면

15_

어린이로 돌아가라

어린 시절, 마크 트웨인은 동네에서 매우 심한 말썽꾸러기였다. 어찌나 호기심이 많고 장난기가 많았던지 동네에 전염병이 돌아 친구가 병에 걸려 죽어가고 있을 때 자기도 병에 걸려보고 싶다는 생각이 들었다. 호기심 때문이었다. 그래서 그 친구가 사는 집에 몰래 숨어들어갔다. 침대에 잠들어있는 친구를 발견하고는 그 이불 속으로 기어들어갔다. 한참을 그렇게 누워 있다가 끝내 친구 어머니에게 붙들려 쫓겨나서는 그도 역시 병에 걸렸다. 마크 트웨인도 죽어가다가 겨우 겨우 살아났다. 또 어떤 때는 물에 빠져 죽을뻔하다가 살아났는데, 그것도 한 번이 아니라 여러 번이었다. 그의 자서전(마크 트웨인 자서전; 고즈윈 刊)을 읽어보면 이렇듯 어렸을 때의 이야기가 아주 생생하게 묘사되어 있다. 그런데 자세히 읽어보면 더 많은 것을 발견하고 놀라게 된다. 그가 자서전을 썼을 당시에는 이미 노인이 되었을 때였는데 어린 시절에 관한 이야기가 아주 리얼하게 표현되어있다는 것이다. 꽤 많은 시간이 흘렀고 다 잊은 이야기인데 그는 어떻게 그리도 세밀하게 묘사할 수 있었을까? 단지 그가 기억력이 좋아서일까? 그것이 아니라면 어떻게 기억해냈을까? 이런 의문을 가지지 않을 수 없다. 그가 이 글을 쓸 때만큼은 철저히 어린 아이로 돌아갔을 것이라고 추측할 수 있다. 묘사한 표현들이 어른의 시각에서 나왔다고는 볼 수 없기 때문이다.

그의 어린 시절 이야기 중에는, 수박을 둘러싸고 동네 아이들이 모여들어 함께 먹는 장면이 나온다. 아이들이 수박 하나를 앞에 놓고 군침을 꿀꺽꿀꺽 삼키는 모습, 수박을 칼로 자를 때 칼날이 반대편 끝까지 들어갔을 때 '쩍' 하고 갈라지던 소리가 귀에 들려온다고 까지 표현하고 있다. 호기심 많고 장난기 많은, 비슷한 또래의 악동들이 몰려다니며 장난을 치는 모습들이 역력히 보인다. 그의 글을 읽다보면 어느새 타임머신을 타고 그의 어린 시절로 돌아가 함께 여행하는 기분이 든다. 그만큼 사실적이고도 리얼하게 묘사했다는 특징이 있는데, 그렇게 하기 위해서는 주인공이 자신의 어린 시절로 완전히 돌아가야 한다. 그렇게 하지 않고서는 할 수 없는 일이다. 그러니 자서전을 쓰다보면 젊어질 수밖에 없다. 연세 드신 어르신이라 할지라도 자신의 어린 시절과 젊었을 당시를 끊임없이 회상하면 나이를 잊게 되고 활력을 찾을 수 있게 되는 것이다. 우리가 자서전을 쓸 때는 이와 같은 의식을 가지고 써야 한다. 보통 아동기, 청소년기, 청년기, 중년기, 장년기, 노년기로 시기를 구분해서 쓰는 경우가 많은데, 아동기에 대한 글을 쓴다고 하면 현재의 나를 잊고 아동기의 나로 완전히 돌아가서 그때의 기분과 느낌으로 써야 한다.

러셀 베이커의 자서전을 보더라도 그와 비슷한 느낌을 받을 수 있다. 어린 시절에 관한 이야기가 나오는 장면에서는 대화체 문장이 나오는데 그 실제 상황을 고스란히 현재로 옮겨온 것 같은 인상을 받는다. 그가 어렸을 때 동네에서 또래 친구들과 어울려 놀고 있었다. 그런데 갑자기 동네 형이 나타나 러셀의 아버지가 돌아가셨다는 소식을 전한다. 그는 울부짖으며 아버지가 돌아가셨을 리 없다고 외친다. 하지만 이내 인정할 수밖에 없었다. 이 장면을 묘사하는 과정에서 그는 대화체 기법을 사용한다. 그리고 아이들 사이에서 이어지는 대화는 매우 리얼하고 생동감 있게 독자들에게 전달된다. 그가 이 이야기를 쓰면서 어떤 생각을 했을까를 짐작해보면, 그도 역시 어른의 시각을 완전히 배제한 채, 자신의 어린 시절로 돌아가 소년 러셀의 심정을 그대로 글에다 옮겨놓았다는 것을 알 수 있다. 그러므로 여러분이 자서전을 쓸 때 염두에 두어야 할 사항은, 설명하는 시점으로 완전히 돌아가서 그 당시의 상황과 느낌을 글로 표현하라는 것이다. 현재의 시점에서 쓰면 안 된다는 것이다. 소년인 나, 청소년인 나, 청년인 나, 중년인 나, 장년인 나, 노년인 나에 대해 서술해야 한다. 소년이었던 나도 '나'이고 노년이 된 나도 '나'이다. 그러나 굳이 둘 사이의 차이점을 찾는다고 하면 그 둘은 생각이 다르다는 것이다. 아이였을 때의 생각이 어른이 되어서까지 그대로 간다면 그 또한 우스꽝스러운 일이겠지만 자서전을 쓸 때만큼은 자신이 살아온 각 시점에서 서술해야 한다는 것이다.

16_

자서전은 나에 대해서만 쓰는 것이다?

앞에서 피터 드러커의 자서전에 대한 이야기를 했었는데 여기에서 다시 한 번 강조하고 싶다. 그는 자신의 이야기를 하는 대신에 자기를 둘러싼 주변 인물들에 대한 설명을 함으로써 자신을 설명하였다.

자서전은 나에 대해서만 쓰는 것이 아니다. 나를 둘러싼 모든 사람, 상황, 사물, 현상 등에 관해 쓰는 것이다. '나'라는 사람은 어느 날 갑자기 하늘에서 뚝 떨어져 내려와 살아온 것이 아니다. 부모로부터 몸을 물려받았고 부모 외에도 수많은 사람들의 관심과 사랑, 간접적인 도움을 받으며 오늘에 이른 것이다. '나'라는 사람은 결코 나만의 힘으로 현재의 내가 될 수 없었다는 사실을 인정하면서 주변 인물들과의 관계나 그들과의 추억을 함께 짚어나가는 것이 자서전이다.

 '모든 사람이 모든 사람에게 도움을 준다.'는 것이 평소에 필자가 가지고 있었던 생각이다. 예를 들어, 타지로 여행을 갔는데 식사를 해야 한다면 음식점을 찾아야 할 것이다. 그런데 아무리 찾아봐도 음식점이 없다면 굶을 수밖에 없다. 주머니에 현찰이 가득해도 음식을 먹을 수 없다. 타지에 가서도 음식을 먹을 수 있는 것은 그곳에서 장사하는 음식점이 있기 때문일 것이다. 그러니 그분들에게 감사해야 하는 것이다. 보통은 식당에서 밥을 먹고 음식 값을 치르고 나오면서 "잘 먹고 갑니다."라고 인사하는 경우가 있다. 따지고 보면 제 돈 내고 밥을 먹었는데 식당 주인에게 고마울 것이 무어냐고 말할 수도 있겠으나, 위에서 말했듯이 그 식당이 그 자리에서 영업을 하고 있기 때문에 내가 음식을 먹을 수 있었다는 것이다. 이와 같은 이치는 단지 식당에만 해당되는 것이 아니고 모든 업종, 모든 일, 모든 사람에게 적용된다. 그러므로 '모든 사람이 모든 사람에게 도움을 준다.'는 것은 그 원리에서 나온 말이다.

 자서전을 쓸 때도 이것을 기억해야 한다. '나'라는 사람이 현재 있게 된 것은 모두의 도움이 있었기에 가능한 것이므로 '나'와 관련된 모든 것이 자서전의 소재가 된다. 가깝게는 가족에서부터, 멀리는 이웃 나라에 사는 사람까지, 이 모두가 나를 존재케

한 요소들이다. 가령 어렸을 때 읽었던 위인전의 영향을 많이 받은 사람이라면, 시대와 장소가 다른 이로부터 영향을 받은 것이므로 그 사건(위인전을 읽은 것) 또한 자기 인생의 일부가 될 수 있다. 그 모든 것들이 절묘하게 조합을 이루어 지금의 나를 형성한 것이라고 한다면 그 요소들 모두가 자서전의 글감이 되지 않을까?

자서전의 글감은 무궁무진하게 많다. 단지 소재를 찾아내는 능력이 부족하거나 글감을 글로 표현하는 글쓰기 연습이 부족해서 자서전을 쓰지 못하는 것이다. 쉽게 쓰는 일기의 경우만 하더라도, 하루에 있었던 일에 관한 것을 쓰는 데 한 페이지만 쓸 수도 있고 열 페이지를 쓸 수도 있다. 쓰기 나름이다. 글감을 찾아내기 나름인 것이다. 그러니 글감 찾는 요령 익히기와 글로 표현하는 능력 향상시키기만 열심히 한다면 자서전 쓰는 일이 그렇게 어려운 작업은 아닐 것이다.

17_

대한민국이 문화선진국으로 가는 길

　　문화선진국이 되는 것이 매우 어려운 일이라고 생각할 수도 있으나 지금 여기에서 제시하는 방법을 적용한다면 그리 어려운 일이 아니라는 것을 말하고 싶다. 결론부터 말하자면, 자서전 쓰기를 통해서 문화선진국으로 가는 길을 열 수 있다는 것이다. 문제의 핵심을 짚어보면 답은 금방 보인다.

　　논리를 거꾸로 전개해보자. 우리의 궁극적 목표가 대한민국을 문화선진국으로 만드는 것이라고 상정했다고 치자. 양질의 문화 컨텐츠를 만들어 수출을 하고 이것을 통해 국부를 창출한다면 그것이 곧 문화선진국이 되는 것이라고 치자. 이렇게 하기 위해서 필요한 것은 무엇인가? 글쓰기를 하는 인구가 많아져서 저변이 확대되는 것이다. 많은 사람들이 글쓰기를 한다면 그만큼 양질의 문화 컨텐츠가 만들어질 수 있게 되는 것이다. 그렇다면 이렇게 글쓰기 인구의 저변 확대가 이루어지려면 무엇이 선행되어야 하는가? 쉬운 글쓰기를 많은 사람들이 하면 된다. 그렇다면 쉬운 글쓰기는 무엇인가? 자서전 쓰기이다. 자서전을 쓰기 위한 글감은 누구나 자신의 머리(뇌) 안에 있기 때문이다. 풍부한 글감이 있다. 그 글감을 잘 찾아내게 도와주고 글감을 스토리텔링으로 엮어내는 기술만 습득시켜주면 되는 것이다.

이렇게 논리를 거꾸로 전개해 보니 지금 당장 우리가 시작해야 할 일이 보인다. 그것은 자서전 쓰기 프로그램을 많이 만들고 활성화시켜서 글쓰기 인구를 크게 확대시키는 것이다. 글쓰기 인구가 확대되면 많은 양의 컨텐츠가 쏟아져 나올 것이며, 그 중에는 정말 훌륭한 문화컨텐츠가 다수 포함되어 있을 것이다. 이것을 잘 가공해서 국내에서도 소비하고 해외로 수출해서 외화를 벌어들이면 우리나라는 명실공히 문화선진국이 되는 것이다.

우리에게 이와 비슷한 예가 없었던 것도 아니다. MBC에서 방영한 '대장금'이 국내에서 선풍적인 인기를 끌더니 외국에서도 또 한 번의 흥행돌풍을 이어가지 않았던가. 훌륭한 명작이 탄생하기 위해서는 그 이전에 수많은 습작을 연습하는 과정이 필요하다. 이것을 가능하게 하려면 국민 모두 다 글쓰기를 쉽게 익히고 글쓰기를 생활화시켜야 한다.

출판사들은 자기 회사에서 만든 책이 잘 팔리기만을 바란다. 하지만 좀 더 크고 넓은 시야를 가질 필요가 있다. 거시적 관점에서 문화계의 메가 트렌드를 선도하는 역할을 해주어야 한다. 국민들 모두 글쓰기를 생활화하는데에 출판사들이 앞장서야 한다. 그것이 또한 출판사를 살리는 길이고, 그래야만 하는 이유가 있다. 예를 하나 들자면 다음과 같다.

모 복지관에서 자서전 쓰기 강의를 진행하던 때였다. 토론하는 시간이었는데, 수강생 중에서 한 분이 6·25전쟁사에 대한 내용이 담긴 책을 지난 주에 구입하여 읽었다고 했다. 그 전 주에 냈던 숙제를 제대로 하기 위해서 애쓰던 중 글쓰기가 제대로 되지 않더라는 것이다. 진도도 나가지 않을뿐더러 내용을 엮어나갈 근거가 모자라 고심을 했다는 것이다. 전쟁에 관한 이야기를 쓰는데 자신이 알고 있는 전쟁사라는 것은 주변에서 보고들었던 것이 전부였으므로 좀 더 많은 지식이 필요했던 것이다. 그래서 고민하다 못해 서점에 들러 6·25전쟁사에 관련된 내용이 들어있는 책을 구입해서 읽었다는 것이다. 출판사 관계자들은 이 분이 왜 책을 구입하게 되었는지 이해할 필요가 있다. 결국, 글을 쓰려고 시도하는 사람이 글감에 대한 배경 지식이 없을 때는 서점에서 책을 알아본다는 사실이다. 여기에 바로 해답이 있다. 무언가를 알 필요가 있다거나 지적 호기심을 가진 사람은 서점에서 책을 구입할 가능성이 크다는 것이다. 그러므로 뒤집어 말하면, 책을 팔고 싶으면 독자들을 대상으로 글쓰기 강의를 하라는 것이다. 그러면 독자 입장에 있던 사람들이 글을 쓰는 사람(저자)이 되고, 그들은 또한 지적 호기심을 가진 책 구매자가 된다는 사실이다. 결론은 하나다. 일반인들을 대상으로 자서전 쓰기 강의를 실시하고 이것을 전국적으로 확대 보급하면 된다.

자서전 쓰기 강의 모습

18_

문헌에서 소개하는 자서전 쓰기 이모저모

자서전 쓰기에 대해 학술적으로 연구한 논문은 국내외에 많이 있다. 결론부터 말하면, 자서전 쓰기를 통해서 얻을 수 있는 긍정적인 효과가 실제로 있다는 것이다.

다음은, 손승남 순천대 교수가 쓴 논문 「자서전의 교육학적 가치」에서 발췌한 내용이다.

"교육학의 관점에서 보면 자서전은 개인의 발달과 한 인간의 형성을 간직하고 있는 살아있는 자료가 되는 것이다. 인생의 목적에 비추어 지나온 삶을 반추해보고, 숱한 인생 경험에 의미와 가치를 부여함으로써 인간은 자기 삶의 방향을 설정하고, 자신의 고유한 정체성을 유지해나갈 수 있게 된다. 이처럼 자서전이 개인적 삶의 연관을 잘 보여주기 때문에 딜타이는 인간 이해에 있어서 자서전에 특별한 위상을 부여하고 있다."

"자서전은 삶의 연관을 세우고 삶에 통일성을 기하려는 일련의 노력을 포함하고, 흩어진 삶의 체험들을 전체적 삶과 연관지어 의미를 부여하는 작업에서 나오는 결과이다. 교육학에서 교육의 바람직한 방향 설정이 교육 행위나 교육 방법에 본질적으로 선행한다는 점에서 볼 때 자서전이 삶의 의미 창출과 인간 도야에 주는 의미는 교육목적론적으로 중요한 가치를 지닌다."

다음의 자료를 보면 자서전 쓰기를 통해서 힐링이 가능하다는 것을 알 수 있다. 경북대학교 심리학과 진영선 교수와 김영경은 「기억 향상 요소를 강화한 노인 집단 자서전 쓰기 프로그램의 효과」(Arean, Perri, Nezu, Schein, Christopher, Joseph, 1994; Haight, 1992) 라는 논문에서 다음의 문구를 인용했다.

"이러한 회고의 유용성으로 인해 심리 치료에서는 클라이언트가 자서전을 쓰거나 녹음을 하는 등의 방법으로 인생 회고를 사용한다. 인생 회고 치료에서는 통상적으로 중요 사건을 회상하고 이를 재구성하고 수용하며 그 사건의 의미와 교훈을 찾는 방식으로 진행되는데, 회고 치료를 통해 삶에 대한 만족감이 커지고 우울이 감소하는 등의 효과가 나타났다."

이외에도 다수의 논문이 있는데 그 내용은 모두 긍정적이다. 기억력, 인출 지지, 인지 기능, 자아통합감, 삶의 만족, 주관적 안녕감 등을 향상시켰다는 내용이다.

MBN 방송에서 인터뷰

19_
자서전 쓰기를 위해 배워야 할 내용들

자서전 쓰기를 잘 하기 위해서는 유명인들의 자서전을 많이 읽어보는 것이 좋다. 주인공이 직접 쓴 자서전을 말하는 것이다. 대필한 자서전에는 작가의 주관적인 생각이 들어갈 수 있고, 주인공의 생각이 작가를 거쳐 표현되기 때문에 그 느낌이나 생각을 정확하게 표현하는 데에는 한계가 있다. 본인이 직접 쓴 자서전 만큼 리얼하게 전달하기는 어렵기 때문이다. 그리고 읽어보는 것만으로는 부족하고 분석하여 연구할 필요가 있다. 쓴 사람에 따라 글의 색깔은 천차만별로 달라지기 때문에 각각을 연구할 필요가 있다. 다른 사람이 어떻게 썼는지를 알아야 자신의 책을 쓸 때도 참고가 되기 때문에 가급적이면 여러 유형의 책을 읽어보는 것이 좋다. 몇 가지만 예를 살펴보기로 한다.

우선, 러셀 베이커의 자서전을 살펴보면, 훌륭한 문장력과 치밀한 구성이 돋보인다. 언론인이 쓴 책이므로 독자가 읽는 동안 지루할 틈이 없고 단번에 끝까지 읽게 만드는 흡인력이 있다. 도입부에서는 마치 소설의 한 장면을 떠올리게 하듯 대화체 문장이 등장하고 부모와 그 윗 세대의 생활상까지 리얼하게 묘사하고 있다. 영화나 연극, 소설에도 마찬가지 원리가 적용되는데, 글을 쓸 때 도입부는 매우 중요하다. 이 책에서는 요양병원에 계신 어머니를 만나 대화를 나누는 것이 첫 장면으로 나온다. 흥미를 끌어들이는 내용일뿐 아니라, 독자들로 하여금 이 뒤에 이어지는 내용이 무엇일까 궁금해지게 한다. 이 도입 부분이 쇼킹하지는 않지만 독자의 집중력을 끌어내는 기능은 충분히 하고 있다.

실베스터 스탤론이 주연한 영화 '클리프행어'는 도입부가 매우 쇼킹한 장면으로 시작된다. 영화가 시작되고 잠시 후 주인공이 조난당한 사람을 구조하다 실패하여 그 여자가 떨어져 죽는 장면이다. 그것을 본 관객은 과연 이 영화가 앞으로 어떻게 전개될지 매우 궁금해지는 것이다. 이렇게 해서 초반부터 관객의 주의를 확실하게 집중시키는 것이 이 영화가 가진 특징 중 하나다.

소설이나 여타 문학작품도 모두 마찬가지다. 도입부에서 독자들의 관심을 얼마나 효과적으로 증폭시킬 수 있느냐에 따라 그 책의 성공 여부가 결정된다고 해도 과언이 아니다. 자서전도 문학 작품의 하나이므로 이러한 기법을 도입하면 좋다. 또한 러셀 베이커 자서전의 가장 큰 특징을 말하자면, 주인공의 심리 묘사가 탁월하다는 것인데, 이는 소년 시절 아버지의 죽음을 통보받는 장면이 매우 사실적으로 묘사되어 있다는 것을 통해 알 수 있다. 심리를 묘사하는 단계까지 간다면 매우 높은 경지까지 다다랐다고 할 수 있다.

둘째로, 오바마 자서전의 특징은 그가 젊은 나이에 썼다는 것이고, 학식이 풍부한 사람의 글이기 때문에 이해하기가 어려운 부분도 있다는 것이다. 가장 큰 특징이라고 한다면, 짧은 단락 하나만 읽어봐도 그 안에 함축되어 있는 의미가 매우 많다는 것이다. 그야말로 엑기스와 같이 의미가 농축되어있다. 그의 책을 읽으면 역시 학식이 풍부한 사람이 쓴 글이라는 것을 대번에 알 수 있다. 또, 젊은 나이에 썼지만 자서전이 갖추고 있어야할 필수적인 요소들을 골고루 갖추고 있다.

그는 다른 사람들과 차별된 그만의 인생 역정이 있었다. 흑인인 아버지와 백인인 어머니 사이에서 태어나 태생적으로 혼혈이라는 콤플렉스를 가지고 살아야 했던 아픔이 있었다. 동양이나 서양의 순수한 혈통을 가진 사람들은 이해할 수 없는 그들(흑인 또는 혼혈)만의 아픔이다. 미국사회에서 살아가는 유색인들이 겪는 인종 차별에 대한 언급도 중간 중간 엿보인다.

또, 9살 때 도서관에서 잡지 사진을 목격하고 충격을 받았다는 내용이 나온다. 하루는 어머니와 도서관에 갔는데 잡지 하나를 뒤적이던 중 충격적인 사진을 발견한다. 마치 몹쓸 병에라도 걸린 듯한 손을 찍은 사진이었다. 이윽고 사진의 설명을 읽어보니, 그 사진의 주인공은 흑인인데 백인이 되고 싶어 화학수술을 받았고 그 부작용으로 손이 그렇게 되었다는 것이었다. 또, 미국에서는 수많은 흑인들이 이런 수술을 받기 위해 큰 돈을 쓴다는 설명이었다. 이같은 인종차별의 현실에 눈을 뜬 오바마는 그 이후 청소년기에 일탈 행동을 하며 괴로워했지만 후일에는 이러한 문제를 해결하는데 앞장서면서 사회운동도 하고 인권변호사가 되었으며 최종적으로 미국의 대통령이라는 자리까지 올라가게 되었다. 그의 자서전에서 주목할 만한 사건은 도서관에서 그 사진을 접한 것이었다. 그가 인생의 방향을 결정하는 데에 이 사건이 크게 영향을 주었을 것이다.

우리의 인생은 사소한 사건 하나 하나가 모여 거대한 흐름을 만들어낸다. 중요할 것 같지 않은 사건이 결국 인생의 방향을 결정하는 요인으로 작용하는 경우가 대단히 많다. 그러므로 여러분이 자신의 자서전을 쓰면서 과거를 회상할 때도 이러한 사건들을 추적하여 찾아내는 작업이 반드시 필요하다. 지금까지 자신도 모르게 그 사건의 영향을 받아왔다는 것을 뒤늦게 깨닫게 될 것이다. 여러분이 겪고 있는 정신적 어려움이나 트라우마가 어렸을 때 경험한 특정 사건 때문일 수도 있다는 것이다. 그것을 찾아낸다는 것은 현재의 문제를 극복할 수 있는 단서를 찾아내는 일이 될 수도 있다. 자서전을 쓰는 사람이 이같은 개념을 가지고 있다면 본인의 정신적 건강을 지켜내는 데도 큰 도움이 될 것이다.

셋째로, 프랭클린 자서전의 특징은 도입부에서 발견된다. 아버지가 아들에게 옛날 이야기를 들려주는 방식으로 전개된다. 이것은 마치 할아버지가 손자를 무릎에 앉혀놓고 "옛날 옛적에~(Once upon a time~)"로 시작하는 동화를 들려주는 것과 같은 방식이다. "우리가 옛날에는 이렇게 살았단다."는 식의 이야기 접근법이 독자들에게 많은 의미를 전달할 수가 있는 것이다. 프랭클린은 미국 사람이지만, 우리가 자서전을 쓴다면 우리의 역사와 사회적 사건이 배경이 되는 이야기가 만들어질 것이다. 6·25전쟁을 경험한 세대들이 자서전을 쓸 때는 이 내용을 빠뜨리지 않는다. 그것이 일생일대의 큰 사건이었기 때문이다. 자신의 전체 삶을 돌아볼 때, 이야깃거리로 만들 수 있는 소재는 많으나 모든 것을 다 다룰 수는 없다. 그러므로 정말 중요하다고 생각하는 사건을 중심으로 글을 써나가면 된다.

그 외에도 앞서 소개했던 피터 드러커, 마크 트웨인의 자서전이나 간디 자서전 등을 연구하면 각각의 주인공마다 다른 색채의 글을 썼다는 사실을 알 수 있다. 접근법이나 묘사 방식, 개인적인 경험의 차이, 문장력이 모두 다르므로 배울 수 있는 것이 많다. 많이 읽고, 많이 생각하고 많이 써보는 것이 글쓰기 실력을 향상시키는 방법이다.

　다음으로, 자서전 쓰기를 배울 때 공부해야 할 내용 중에서 빠뜨릴 수 없는 것이 스토리텔링이다. 이것은 제2부에서 자세히 다루기로 한다. 지금 소개하는 것은 필자가 강좌를 진행할 때 주로 강의하는 내용에 관한 것이다. 글쓰기 치료에 관한 내용도 있으며 유명인 자서전 뿐 아니라 일반인 자서전에 대한 연구 분석 과정도 있다. 일반인들은 어떤 유형으로 서술하는지, 목차 는 어떻게 정하는지, 글감은 어떻게 찾아내는지 등등을 공부한 다. 이 책을 읽는 독자들도 기회가 허락된다면 강좌를 들어보기 를 권한다. 보통은 15주~20회기 과정으로 진행하며, 한 회에

1시간은 이론 강의를 하고 나머지 1시간은 실습과 토론을 병행하는데, 여기서 토론이 매우 중요하다. 자서전을 쓰려고 하는 사람들은 단순히 의지나 열정만으로는 목표를 달성하기가 어렵다. 그만큼 길고 어려운 과정을 거쳐야 하므로 중간 중간에 동기부여를 받지 않으면, 혼자만의 의지로 해나가기가 쉽지 않다. 그래서 같은 목표를 가진 사람들끼리 모여서 학습을 하고 토론을 해야 한다. 자서전 쓰기는 혼자서도 할 수 있는 일이지만 여러 사람이 모여서 함께 이야기를 나눌 때 성취도가 훨씬 높아진다.

이제 제2부에서는 글쓰기 관점에서 더 많이 생각해보고, 실습에 관한 지식과 노하우를 다져보기로 한다.

- 제2부 -

자서전 쓰기
실전 가이드

자서전 쓰기도 글쓰기이므로 글쓰기에 대한 바른 이해로부터 출발하는 게 좋을 듯싶다. 또 글쓰기는 스토리텔링과도 연결되어야 하므로 이에 관한 이해도 함께 도모해보기로 한다. 글을 잘 쓴다는 것은 단지 문법에 맞는 문장을 오류 없이 쓰는 것만 의미하는 것은 아니다. 이야깃거리를 어떻게 찾아내며 찾아낸 글감을 어떤 식으로 구성해서 전개해나가느냐 하는 문제가 매우 중요하다. 그래서 스토리텔링에 대해서 먼저 짚어보기로 한다.

20_

글쓰기와 스토리텔링

스토리텔링이란 스토리(story)와 텔링(telling)이 합쳐져 만들어진 말이다. '이야기 말하기'라는 의미로 해석할 수도 있겠는데 이것이 담고 있는 의미는 많고 접근하는 방법도 연구해볼 필요가 있다. 스토리텔링이란 '개인이나 단체가 가지고 있는 메시지를 효과적으로 전달하는 방법 중의 하나'라고 정의하고 싶다. 이것이 메시지를 전달하는 방법으로는 매우 훌륭한 기능을 수행하기 때문이다. 우리는 보통 메시지를 전달할 때 사건이나 사실에 대해서만 말하는 경향이 큰데, 여기서 말하는 것은 스토리화해서 전달하라는 것이다. 다음의 예는 필자가 독자들의 이해를 돕기 위해 만든 문장인데 이것을 보면 개념을 쉽게 이해할 수 있을 것이다. 한 사람이 자기의 친구나 지인들에게 자신이 부자라는 것을 말하고 싶을 때 어떻게 말하면 효과적으로 자기의 메시지를 전달할 수 있는지 예를 든 것이다.

"내가 어제 모처럼 집에서 쉬고 있는데, 우리집 강아지가 글쎄 잔디밭(집에 잔디가 있다고?)에서 뒹굴다가 수영장(집에 수영장이 있다고?)에 뛰어들더니 신나게 수영을 하더라구. 그러더니 집 안으로 들어가서는 이태리산 소파(비쌀텐데...)에서 오줌을 갈기지 뭐야. 내가 야단치려고 하니까 이번엔 요트 키(요트를 탄다구?)를 입에 물고 놓지 않더라구. 마침 우리 애가 심심해하길래 고양이와 백호를 데리고 별장(별장이 있다구? 백호를 키운다구?)에나 가서 놀다 오라고 보내버렸지."

자, 이 이야기를 들은 친구들은 어떤 생각을 할까? '돈이 정말 많긴 많은 모양이로구나.'라고 생각할 것이다. 이 사람이 말한 내용 중에는 자신이 부자라는 것을 암시할 만한 단어들이 많이 들어있다. 집에 잔디밭이 있으면 분명히 넓은 대지를 가지고 있을 것이며, 집에 수영장이 있으면 저택임이 분명하고, 이태리산 소파가 있다는 것도 고가의 가구를 들여놓았다는 뜻이고, 요트를 가지고 있다고 하면 부자들이나 하는 스포츠를 즐긴다는 것이고, 별장이 있다는 것도 돈이 많다는 것이고, 집에서 그 희귀한 백호를 키운다는 것은 보통 사람들이 생각지도 못하는 일이기 때문에 그가 부자라는 것을 의미한다.

만일 이 사람이 부자라는 것을 자랑하고 싶어서 그냥 "나 부자야."라고 말했다면 상대방은 어떻게 생각했을까? '자기가 부자면 부자지 뭘 그렇게 대놓고 자기 입으로 말하나'라고 생각했을 것이다. 그러나 이렇게 대놓고 말하는 방법을 사용하지 않고 위와 같이 이야기 속에 메시지를 넣어서 전달하면 듣는 사람에게 큰 거부감 없이 전달될 것이다.

이것은 이해를 돕기 위해서 든 예에 불과하지만 일상생활에서도 스토리텔링 기법을 사용할 때 훨씬 더 효과적으로 메시지가 전달된다는 것을 알 수 있다.

21_

글쓰기는 습관이다

습관을 들인다는 것은 생각만큼 쉬운 일이 아니다. 우리 속담에도 '굳게 먹은 마음이 사흘을 못 간다(作心三日)'라는 말이 있는데, 이것은 결심한 것을 끝까지 지속적으로 수행하는 것이 얼마나 어려운 일인지를 단적으로 표현해주는 말이다. 송나라의 구양수는 글을 잘 쓰기 위한 방법으로 '다독', '다작', '다상량'을 꼽았다. 많이 읽고, 많이 써보고, 많이 생각하라는 것인데 이것 또한 쉬운 일이 아니다. 많은 시간과 노력을 투자하는 일이기 때문이다.

그렇다면 글쓰기를 잘하는 단계까지 가려면 어떻게 해야 할까? 우선은 글쓰기가 재미있어야 하고, 본인이 그것으로부터 얻는 것이 있어야 한다. 뭔가 본인에게 득이 되는 것이 있다면 다른 사람이 시키지 않아도 스스로 할 것이기 때문이다. 스스로

할 수 있다면 그 다음 단계는 그 일을 즐기는 것이다. 글쓰기 자체를 즐기는 단계까지 간다면 습관은 저절로 몸에 붙는다. 그러니 가장 먼저 할 일은 글쓰기가 재미있게 느껴져야 한다는 것이다. 어느 정도 자서전 쓰기에 취미를 붙인 사람들의 공통점을 살펴보면, 글쓰는 작업을 매우 소중히 생각한다는 것을 알 수 있다. 그들은 일정한 시간에, 일정한 장소에서, 일정한 분량만큼의 글쓰기를 반드시 한다. 또 처음에는 몸에 습관이 배게 하기 위해서 의도적으로라도 규칙적인 글쓰기를 한다. 이것이 성공 비결이다.

한 중년 여성 A씨는 매일 저녁 아홉시 뉴스가 끝나면 앉은뱅이 책상을 가져다가 방을 집필실로 꾸민다. 그리고 마음을 가다듬고 앉아 기억의 창고에서 자신이 겪어온 옛 일들을 하나하나 떠올린다. 사춘기 청소년이던 아들과의 갈등 상황도 있었고, 남편의 실직 상황도 있었다. 가정에 중대한 위기가 닥쳐올 때마다 문제를 해결하기 위해 최선을 다하느라 정신없이 살아왔지만 이렇게 차분히 돌아보고 정리하는 시간은 가져본 적이 없는 듯했다. 자서전을 쓰면서 비로소 삶을 재조명할 수 있는 기회를 갖게 된 것이다.

자서전을 쓰는 사람이라면 누구나 이 중년 여성과 같은 경험을 하게 된다. 그런데 이러한 작업이 고통스럽다거나 지겹지는 않다. 오히려 새록새록 새로운 깨달음과 접하면서 혼자 울기도 하고 웃기도 한다. 이렇듯 자서전을 쓰는 작업은 보람 있고 흥미로운 일이다. 새로운 것을 발견하는 기쁨도 있다. 단지 그러한 과정을 경험해보지 않은 사람들이 자서전 쓰기를 어렵고 힘든 과정이라고 여길 뿐이다. 실제로 해보면 대단히 재미있는 작업이라는 것을 알게 된다. 예를 들면, '그때 가지 않은 길은 무엇이고 만일 그 길을 갔다면 내 인생은 어떻게 달라졌을까?'라는 주제로 한 꼭지를 쓴다고 가정했을 때, 얼마나 다양하고 재미있는 이야깃거리들이 나올지를 상상해보라. 극단적인 예로, 본인이 결혼할 때 선택한 배우자가 아닌 다른 사람과 결혼했다면 인생이 어떻게 달라졌을까를 생각해보면 아주 흥미로운 글감들이 만들어진다. 이것은 물론 극단적인 예라고 할 수 있지만 이와 유사한 가정은 많은 다른 곳에도 적용시킬 수 있는 주제가 된다. 글쓰기가 어렵다거나 지루하고 힘겨운 일이라고 생각하는 것 역시 지나친 선입견이다. 해보면 의외로 재미있는 작업이라는 것을 깨닫게 될 것이다.

22_

글쓰기는 생활이다

스마트폰을 사용하는 사람이라면 페이스북이나 트위터가 우리의 생활 깊숙이 들어와 있다는 것을 체감할 수 있을 것이다. 필자 역시 페이스북을 많이 활용하는 편인데, 과거와는 다르게 글쓰기 환경이 많이 좋아졌다는 것을 실감한다. 예전에는 책을 한 권 쓰려면 메모지를 항상 가지고 다니다가 뭔가 떠오르는 아이디어가 있을 때는 급히 메모지를 꺼내어 그 아이디어에 대한 키워드를 적곤 했었다. 그런데 요즘은 그 메모지도 필요 없게 되었다. 떠오른 생각이 있으면 즉시 스마트폰에 내장된 필기 기능을 활용하여 키워드를 적어 넣는다. 아이디어뿐만 아니라 글을 쓸 때도 마찬가지다. 간단한 내용은 메모 기능을 활용해 적어 넣고 좀 긴 내용은 필기 기능 어플리케이션을 활용해 적어 넣는다. 이렇듯 글쓰기가 예전보다 더 손쉽고 편리한 작업이 되었고 생활에 더욱 밀착했다. 글쓰기는 몸에 배야 한다. 그래야 어렵게 생각되지 않는다. 마치 숨쉬기처럼 편안하고 자연스럽게 되어야 한다. 생활 속에서 습관이 된다면 그보다 더 좋을 수는 없다. 그래서 실제로 필자는 글쓰기를 생활 속에서 어떻게 실천하고 있는지 예를 들어보고자 한다.

아래에 나오는 예문은 경기도 화성시에 있는 복지관에 자서전 쓰기 강의를 하러 가던 기간에 작성했던 글이다. 이 글은 당시에 페이스북에 올렸던 글이다. SNS(페이스북이나 트위터)를 활용한 예를 보여주기 위한 것이다.

"아침 8시경, 구로역. 지하철 문이 열리자 사람 쓰나미가 몰려 들어왔다. 꺅~~~. 이렇게 많은 사람들이 한꺼번에 밀어닥치다니……. 문 바로 앞에 바짝 붙어있던 나는 쓰나미에 밀려 좌석에 앉은 사람 앞에 다다랐고, 이어 허리가 꺾여들자 벽에 손을 붙여 버텨보았지만 그나마 여의치 못했다. 그 상태로 두 정거장을 가니 좀 버틸만 했다. 화성시에 강의하러 가는 하루는 그렇게 시작되었다. 중학생 때 콩나물 버스에서 시달려본 후 처음 겪은 일이다. 다음에는 더 일찍 출발해야겠다는 생각과 함께 이제껏 내가 편하게 살았다는 생각이 들었다. 좀 더 치열하게 살아야겠다."

지하철에서 위와 같은 일을 겪고 나서 바로 스마트폰으로 작성해서 페이스북에 올렸던 글이다. 이렇게 생활 중에서 경험한 일들을 빠르고 간편하게 글로 옮기는 작업을 할 수 있고 이것이 몸에 배는 생활 습관이 된다면 여러분 역시 훌륭한 작가가 될 수 있다. 위의 예문은 짧은 글이지만, 글이 갖추고 있어야 하는 기본적인 요소를 모두 갖고 있다. 모든 글은 독자들을 의식하고 쓰는 것이 기본이다. 독자는 이 짧은 글을 통해서 필자가 무엇을 전달하려고 했는지를 간파할 수 있어야 한다. 먼저, '아침 8시경'이라고 하면서 시간적 배경을 알려준다. 다음은 '구로역'이라고 공간적 배경을 알려준다. 이렇게 하는 것은, 아무리 짧은 문장이라도 독자가 이해할 수 있을 만큼의 배경 설명은 해주어야 하기 때문이다. 그 다음, 어떤 사건이 있었는지를 설명했다. 그리고 나서 그 일을 통해서 생각하고 느낀 것이 무엇인지를 이야기하고 끝맺었다. 글이 길다면 더 장황하게 설명할 수도 있겠으나 이렇게 짧게 쓰더라도 그 글이 갖추고 있어야 하는 요소를 갖고 있다면 그것으로 이 글은 짜임새 있는 문장이 되는 것이다. 글쓰기가 먼 나라 얘기가 아니라는 것을 여러분 스스로가 경험해보아야 재미있는 글쓰기에 도전할 마음이 생길 것이다.

또 하나의 예를 들어본다. 다음에 나오는 내용도 페이스북에 올렸던 글인데, 이것 역시 서울에 있는 정독도서관에서 자서전 쓰기 강의를 하고서 종강하는 날 썼던 글이다.

"오늘 정독도서관 자서전 쓰기 강의를 종강했다. 강의할 땐 몰랐는데 다 끝나고 나니 왜 이리 마음 한 켠이 허전한지…….

그동안 정이 많이 들었었는가 보다. 정독도서관 강의는 가장 기억에 오래 남을 것 같다. 마지막으로 수강생들에게 문자를 보내고 나니 더 허전하다. 그동안 감사했다는 문자를 보내고 나니 가슴이 아려온다. 어르신들 모두 건강하시길 기원한다."

이 글도 긴 글이 아니다. 이렇게 짧은 글쓰기도 실력 향상에 많은 도움이 된다. 짧은 글을 쓸 능력이 없는 사람이 긴 글을 쓰기란 쉽지 않다. 생활 중에서 겪었던 사소한 일상들을 재미있고 조리있게 글로 표현하는 연습을 생활화한다면 여러분의 글쓰기 실력은 하루가 다르게 향상될 것이다.

정독도서관에서 진행했던 자서전 쓰기 강좌

다음에 나오는 글도 생활 글쓰기의 하나다. 이 역시 페이스북에 올렸던 글인데 시작하는 부분에 소제목까지 달아놓았다. 함께 감상해보자.

〈레지오넬라균 경계하기〉

"지방에 강의하러 다닐 때 주로 고속버스나 시외버스를 이용하는데 요즘은 각별히 레지오넬라균을 경계하게 된다. 버스 에어컨에서 나오는 퀴퀴한 냄새를 맡으며 내 허파가 잘 견뎌주기를 바랐다. 어제도 갈 때 2시간, 올 때 2시간을 차 타고 오면서 숨을 어떻게 쉬어야 하는지 고민했다. 창문을 열 수도 없고 꼼짝없이 버스 내부의 공기로 숨을 쉬어야 하는데, 쉬어야 할지 말아야 할지 망설여졌다. 내가 숨 쉬는 것 까지 고민해야 하나? 내 차를 갖고 가면 그럴 염려는 없겠지만 운전도 노동이라 그 노동은 피하고 싶은데……. 기사 아저씨들, 에어컨 좀 청소해주면 안 되나요? 부탁 드려요. 계속 이용할테니 청소 쫌 해 주쎄용……."

이와 같이 짧은 글쓰기는 재미도 있고 힘들지도 않다. 시간도 많이 걸리지 않고 따로 책상에 앉아 고민할 필요도 없다. 그저 생각나는대로, 손가락이 움직이는대로 술술 써 내려가면 되는 것이다. 또 생활 중에서 겪었던 사건을 좋은 글감으로 활용하는 것은 훌륭한 습관이 될 수도 있다. 글을 어렵지 않게 쓸 수 있는 방법이기도 하다. 글 쓰는 일을 노동이라고 생각하면 그때부터 싫증이 나기 시작한다. 그냥 재미있는 놀이라고 생각하면 편하게 즐길 수 있다.

23_

글쓰기는 의사 전달 과정이다

의사를 전달하는 도구는 여러 가지가 있으나 그 중에 대표적인 것이 말과 글이다. 보디 랭귀지와 같은 것도 의사 전달의 수단이 될 수 있다. 그러나 가장 확실하고 보편적인 방법이 말하기와 글쓰기라는 것이다. 글쓰기를 어려워하는 사람들이 많으나 말을 하는 사람은 글도 쓸 수 있다는 것을 알아야 한다. 기본적으로 언어와 글은 구어체와 문어체의 차이일 뿐 크게 다르지 않다는 생각에서 출발하면 마음의 부담을 덜 수 있다.

'A'라는 사람이 'B'라는 사람에게 말을 하거나 글을 써서 전달했다고 치자. 그런데 경우에 따라서는 'A'가 전달한 내용을 'B'가 70%만 이해할 수도 있고, 30%만 이해할 수도 있다. 그것은 'A'가 어떻게 전달하느냐에 따라 'B'의 이해도가 달라지기 때문이다. 사람에 따라 자주 사용하는 말들이 있는데 의미를 불명확하게 하는 단어들을 많이 사용할수록 의미 전달률은 현격히 떨어지게 되어있다. 예를 들어서, "거시기하니까~"라든지, "저기하니까~"등등 불분명한 언어들을 많이 사용하면 알아들을 수가 없는 것이다. 말을 하는 사람은 듣는 사람의 입장에서 친절하게 배경 설명까지 해주어야 의미 전달률이 높아질 수 있다. 'A'와 'B'가 10분 넘게 대화를 나누어도 전달자의 말이 모호하다면 대화를 마치고 뒤돌아서도 기억나는 내용이 없게 된다. 무슨 말을 주고받았는지 모르는 것이다. 'A'는 'B'에게 말을 했다고 생각하지만 'B'는 들은 게 없는 결과가 되어버린다.

話者는 자신이 이야기하는 내용에 대해서 聽者가 배경 지식을 갖고 있지 않다는 전제 하에 이야기를 해야 한다. 그러면 배경 설명을 자세하게 해가며 말을 하게 된다. 머리와 꼬리를 떼어 버린 몸통 이야기만 해서는 聽者가 알아들을 수 없다는 것이다. 그런 이야기를 들으면 그 이야기 도중에 끼어들어 질문을 하고 싶어진다. 그만큼 배경 설명이나 상대에 대한 배려 없이 이야기를 한다는 것이다. 자기 혼자만 이해할 수 있게 이야기한다면, 이것은 대화가 아니라 독백이 되는 것이다. 말뿐 아니라 글도 마찬가지다. 글을 쓰는 사람은 독자들에게 메시지를 전달한다고 생각하면서 써야 한다. 일기를 제외한 모든 글이 그렇다. 그러므로 글을 쓸 때는 독자가 의문을 가질 것이 없을 만큼 빈

틈 없는 문장을 써야 한다. 어떤 문장을 읽고 나서 여러 가지 의문점이 생긴다면 그 문장 안에는 반드시 있어야 할 요소들이 빠져있다는 것을 의미한다. 의미를 이해하기 위해 필요한 요소는 반드시 넣어줘야 한다는 것을 잊지 말자.

24_

왜 글을 써야 하는가?

첫째, 복잡한 의미들을 하나로 통합시켜 정리해 준다

사람이 살아가면서 생각을 정리한다는 것은 매우 중요한 작업이다. 사람이 하는 모든 행동이 생각으로부터 나오기 때문이다. 그런데 바쁘게 이동하거나 급한 일을 처리하는 중간에는 생각을 정리하기가 쉽지 않다. 차분히 마음을 가라앉혀야 비로소 합리적이고 논리적인 생각들이 자리를 잡는다. 어느 정도는 감정을 배제해야 하기도 한다. 복잡한 의미들을 하나로 통합시켜 정리하는 데는 글쓰기만큼 좋은 것도 없다. 그러기에 글을 써야 하는 것이다.

▌ 둘째, 두뇌 회전에 도움을 준다

글을 쓸 때는 말을 할 때보다 정제된 언어를 사용한다. 그리고 써 놓은 다음에 다듬고 수정하는 작업도 거친다. 그러므로 말보다 논리적이고 합리적이다. 글을 쓰면 논리적인 사고를 할 수 있게 되는 것이다. 언어적인 기능도 매우 크게 향상된다는 것을 잊지 말자.

▌ 셋째, 사물을 바라보는 통찰력이 향상된다

통찰력을 영어로 하면 'insight'인데 안을 들여다본다는 의미가 포함된다. 결국 본질을 꿰뚫어본다는 뜻으로도 이해할 수 있을 것 같다. 글을 많이 써 본 사람은 우리 주변에서 발생하는 일상에서도 쉽게 글감을 찾아낼 수 있다. 사건이나 현상, 느낌, 생각 등을 그냥 흘려보내는 것이 아니라 그 안에 포함된 의미를 해석하고 가치를 부여할 줄 안다는 것이다. 단지 눈 앞에 보이는 현상을 외부의 인자로만 판단하는 것이 아니라 그 내부의 본질을 찾을 수 있는 능력을 갖고 있다는 것이다. 글을 많이 쓰다보면 사물을 바라보는 눈이 달라진다. 생각이 달라진다. 직관력이 향상된다. 다시 말해서 통찰력이 향상된다는 것이다.

넷째, 영감(inspiration)이 생긴다

영감을 영어로 하면 'inspiration'이다. 한 가지 목표를 정하고 그것에 대한 글을 쓰려고 할 때 문득 문득 떠오르는 문구들이 있다. 이것을 필자는 영감이라고 부른다. 실제로 그러한 경험을 여러 차례 했을 뿐 아니라 영감을 주제로 글을 썼던 적도 있다. 다음에 소개하는 글은 필자가 26세에 썼던 비매품 책자에 속해 있는 작품이다. 그 일부를 소개한다. 제목은 '영감(inspiration)'이다.

(상략) 눈에 뵈지도 손에 잡히지도 않는 형이상학적 존재의 실체를 규명하기란 여간 어려운 일이 아니다. 전율과 감동, 심지어는 경련의 지경에까지 몰아넣는 광분의 세계·한없이 엔돌핀이 솟아오르며 기쁨과 희열에 잠기는 감정의 최고조·촌분을 다투는 절박함으로 마주 대하는 대상에 퍼붓는 열정·회백질 뇌세포 사이를 종횡무진 질주하는 신경 뉴우런 다발 간의 신호들·작업을 끝낸 뒤 마치 타인의 작품을 대하듯 그저 외경스런 시선만을 던지는 무아의 경지·그리고 이어지는 극도의 피곤함·가슴 뿌듯한 성취감……. 이런 것들이 신의 걸작이라는 평을 듣게 하는 불후의 명작들을 탄생시킨 영감이다. (하략)

영감을 과학적으로 설명하기는 어렵지만 실체는 분명히 존재한다. 글쓰기의 내공이 쌓이면 영감을 불러올 수 있다. 마치 신에게서 부여받은 에너지를 쏟아내듯 자유자재로 사용할 수 있는 것이다.

25_

초보자가 글을 쓰는 방법

글을 많이 써보지 않은 사람이 해야 할 일을 살펴보자.

첫째로, 우선 시작부터 해야 한다

단순한 것 같지만 매우 중요한 원칙이다. 짧은 글쓰기를 통해서 내공을 키워나가야 한다. 처음부터 거창하게 시작하려고 하면 쉽게 지칠 수가 있다. 해보지 않았기 때문에 두려움을 갖는 것이고 두려움을 가지고 있기 때문에 스스로 못한다고 생각하는 것이다. 스스로의 한계를 정하지 말고 과감하게 시작하자. 일기는 다른 사람에게 보여줄 것이 아니기 때문에 남을 의식하지 않고 쓰게 된다. 그러니 마음의 부담도 덜 수 있고 편안하게 쓸 수 있다. 본인이 쓴 글을 남이 읽을 것이라고 생각하면 반드시 문법에 맞게 써야 할 것 같고 틀린 표현을 쓰면 창피할 것 같은 부담이 생길 수 있지만 일기는 그렇지 않다. 또, 장르로 따지자면 수필을 쓰는 것이 좋겠다. 수필은 붓이 가는 대로 즉, 생각이 향하는 대로 쓰는 글이기 때문에 초보자가 시작하기에는 가장 좋은 형식이다. 시나 소설만 하더라도 엄청난 내공이 필요하지만 수필은 그저 큰 의미를 두지 않고 술술 써나가는 방식으로 접근하면 된다.

둘째로, 남이 쓴 글을 주의 깊게 읽으며 구성과 전개방식을 익힌다

분석하는 습관을 가진다면 더 좋겠다. 잘 쓴 글에는 반드시 일정한 규칙과 원칙이 있다. 그것을 간파해낼 수 있다면 글쓰기 비법을 익힌 것이나 다름 없다. 굳이 문법이나 맞춤법을 따지려 하지 말고 글의 전개방식이나 흐름, 표현법 등을 주의 깊게 살피 며 읽으면 더 큰 효과를 거둘 수 있다.

셋째로, 많이 써보는 것이다

글쓰기에 많은 시간을 투자해야 한다. 물론 이게 쉬운 일은 아니다. 글을 많이 써보지 않았기 때문에 잘 쓰지 못하는 것인데, 많은 시간을 투자하라는 것은 오히려 큰 부담일 수 있기 때문이다. 이 문제를 극복하기 위해서는 재미있는 글쓰기부터 시도하는 게 좋고, 재미를 느끼게 되면 많은 시간을 투자할 수 있게 된다.

넷째로, 글쓰기가 습관이 될 수 있도록 조금이라도 매일 쓰는 연습을 한다

이것이 어렵다는 것은 알지만 노력을 하면 어느 정도 습관이 몸에 배게 할 수는 있다.

26_

나에 대해 서술하기

이제부터는 좀 더 구체적으로 자서전 쓰기 실습에 임하기로 한다. 앞에서 설명했듯이 자서전은 '자기의 정체성을 찾아가는 과정'이라고 했으므로, 가장 먼저 할 일은 나(자기)에 대해 깊이 생각해보는 것이다. 그래서 처음에 할 과제는 '나에 대해 서술하기'이다. 방법을 설명하자면 다음과 같다.

▌첫째, 자신의 어린 시절과 함께 고향을 떠올리자

지금 여기서 다루는 주제는 어린 시절에 국한시킨다. 고향을 생각하며 주변의 풍경을 머릿속에 그려본다. 눈을 감고 생각해도 좋고 눈을 떠도 좋다. 과거로의 시간 여행을 하고 나서, 그것을 종이에 그림으로 그려보자. 그림 솜씨가 좋든 안 좋든 문제가 되지 않는다. 그저 차분히 생각을 정리하기 위해 필요한 과정일 뿐이다.

▌둘째, 자기에게 의미 있는 장소를 찾아낸다

그 장소는 도시, 농촌, 어촌, 산촌 등등 사람에 따라 각기 다르다. 태어나고 자란 장소, 시간, 분위기, 모습을 우선 생각해보아야 한다. 또 자기가 특별히 자주 다니던 장소(즐겨 찾던 장소)를 떠올려보자. 사람에 따라서는 그 장소가 물레방아간이 될 수도 있을 것이고, 바다 앞의 방파제가 될 수도 있을 것이며, 또 어떤 사람은 과수원이나 오두막, 정자가 될 수도 있을 것이다. 그 장소와 관련된 이야깃거리들이 있는지 눈을 감고 생각해본다. 뭐가 떠오르는가? 함께 놀던 동네 꼬마 녀석들의 웃음 소리가 들리는가? 가위, 바위, 보를 하고 놀던 아이들의 얼굴이 보이는가? 땅따먹기, 제기차기, 술래잡기, 옥수수서리를 하던 악동들의 얼굴이 떠오르는가? 의미 있는 장소를 찾아내고 그 장소와 관련된 에피소드를 찾아내는 것이 글감을 찾아내는 과정이다.

▌셋째, 이제 글감을 찾았으니 글로 옮기는 연습을 해본다

처음에는 서툴게 써도 좋다. 문법에 맞지 않는 말을 써도 좋다. 띄어쓰기와 맞춤법이 틀려도 좋다. 이야기가 뚝뚝 끊겨도 좋다. 해 본다는 것이 중요하다. 이 연습을 지속적으로 하다보면 나중엔 스스로 문제점을 진단하게 되고 교정하는 단계까지 접어들게 된다. 이렇게 글감 찾기와 스토리텔링하기가 지속적으로 이루어져야 한다. 이것이 자서전 쓰기의 첫 출발이다.

27_

자서전 쓰기 실제 예문 살펴보기

이번에는 실제로 쓴 예문을 살펴보기로 한다. 필자가 만든 질문지에 필자가 답을 달아놓은 글이다. 질문은 "초등학교의 첫 기억은?"이다. 독자들께서는 아래의 예문을 읽어보기 전에 먼저 자신에게 똑같은 질문을 던져보고 골똘히 생각해보는 시간을 가지는 것이 좋겠다. 그리고 나서 어느 정도 생각이 정리되면 예문을 읽으면서 자신이 생각했던 이야기 내용과 이 예문에 나오는 이야기를 비교해보는 것이 좋겠다.

아래에 나오는 이야기는 어린 시절 누구나 한번 쯤 가져보았음직한 생각이나 느낌이다. 독자에 따라서는, 많은 생각을 하게 만드는 예문일 수도 있을 것이다.

"누구나 다 그렇듯이 국민학교(초등학교)에 처음 들어갈 때는 어른들이 약간씩 겁을 주곤 했는데, 학교에 들어가면 선생님께 혼날 수도 있다는 둥, 공부를 열심히 해야 한다는 식의 말을 들었다. 그래서인지 국민학교(초등학교)에 입학해서는 처음에 적응하기가 쉽지 않았고 긴장도 되고 떨리기도 했다. 1학년 때는 13반으로 배정되었는데 담임선생님은 여자였다. 또, 한 번은 미술시간에 그림을 그리고 나서, 뒤에서부터 하나씩 걷기 시작했는데 내 그림은 완성되지 않아서 낼 수 없는 상황이었다. 선생님께서는 내 그림이 완성되지 않은 것을 보시고, 내 주변 다른 친구들의 그림을 먼저 걷고 계신다는 사실을 알게 되었다. 고마우면서도 미안했다. 나는 빨리 그림을 완성해야 한다는 마음에 조급해했는데 그것이 내가 기억하기로는, 시간에 쫓겨 급하게 일을 처리해야 하는 최초의 사건이었다. 서두르는 것과 시간에 쫓겨 일을 한다는 개념을 처음으로 이해했던 경험이었다."

자, 이 예문은 어른의 시각으로 쓴 글이 아니다. 어린이의 시각과 느낌, 감정을 있는 그대로 전달하기 위해 서술한 글이다. 그 당시의 나는 무슨 생각을 했으며, 어떤 느낌이 있었으며, 상황에 어떻게 적응했는지가 표현된 글이라고 할 수 있다. 이 예문에서 짚고 넘어가야 할 사항들이 있다. '긴장도 되고 떨리기도 했다'는 표현과 '고마우면서도 미안했다'는 표현이 나오는데 이것은 감정적 글쓰기(표현적 글쓰기)라고 할 수 있는 대목이다. 감정적 글쓰기에 대해서는 제1부에서 잠시 설명한 바 있는데, 이것이 심리 치유에 큰 도움이 된다는 이야기를 했었다.

이 책의 맨 앞에 있는 머리말에서 소개했던 「내 자서전 쓰기 실전 BOOK」에는 지금 예로 든 것과 같은 질문들이 많이 있다. 시기별로 구분되어 있으며 시기에 따른 질문 내용도 각기 다르다. 그 질문들에 대한 답을 하나씩 완성해나가다 보면 많은 글감을 확보하게 되고 많은 스토리텔링을 할 수 있게 된다.

다음에 나오는 예문 역시 필자가 만든 질문지에 필자가 답을 달아놓은 글이다. 질문은 "부모님과 함께 했던 여행은?"이고 그에 대한 답변으로 써 놓은 글이다.

"아버지, 어머니, 형, 내가 함께 가족 여행을 했던 곳은 인천의 작약도가 처음이었을 것이다. 그 이후에도 몇 번 있었지만 최초라고 기억하는 것이 작약도다. 국민학교(초등학교)에도 들어가기 전이었으므로 기억이 어렴풋할 것 같지만 그 반대다. 또렷하게 생각난다. 기억이라는 것은 세월에 영향을 받는다기보다 기억 강도에 더 많은 영향을 받는 것 같다. 얼마나 인상적인 사건이었느냐에 따라 기억하는 강도가 결정되는 것 같다. 거기서 난생 처음으로 바닷게를 보았고 신기해하던 기억이 지금도 생생하다. 형과 나는 튜브를 타고 놀았고 웅덩이처럼 물이 고인 곳에 바닷게를 가져다놓고 신기하게 바라보며 장난쳤다. 그때 찍었던 사진이 앨범 어딘가에 꽂혀있을 것이다. 작약도는 서해라서, 갯벌이 있는데 특히 발로 딛는 바위들 위에는 조개껍데기처럼 딱딱한 것들이 있어 걸을 때마다 발바닥이 아팠다. 그래서 아버지 등에 업혀서 몇 발자국을 걷곤 했다. 그날은 비가 오는 날이었지만 처량하지는 않았고 매우 재미있는 날이었다."

이 예문을 살펴보면, 신기해하며 철없이 놀던 어린 시절에 대한 아련한 추억, 그 당시의 느낌과 상황에 대한 설명도 있다. 물론 짧은 토막글이지만 이런 토막글이 모여 한편의 자서전이 된다는 사실을 명심하자.

그러면 독자들은 아마 의아해할 것이다. '토막글을 가지고 어떻게 자서전을 엮는단 말인가.' 하지만 짧은 질문에 대한 짧은 답글을 많이 써 놓아야, 나중에 이것들을 조합하고 재구성하는 과정에서 한 편의 훌륭한 자서전을 만들 수 있는 것이다. 토막글을 재구성하고 목차를 작성하는 것은 그 다음 과제라고 할 수 있다. 우선은, 기억의 저편에 웅크리고 앉아 떠오르지 않았던 무수한 이야기들을 적극적으로 찾아내는 일이 필요하다. 이 모든 것을 '글감'이라고 말할 수 있다.

제1부에서 과거를 기억해내는 방법에 대해서 설명했는데 여기서 부연설명을 더 하기로 한다. 자신의 과거를 회상하면서 글감을 가급적 많이 찾아내는 것이 좋은데, 많은 것을 한꺼번에 다 기억해낼 수는 없다. 기억을 할 수 있도록 여러 가지 자극을

주는 것이 필요한데, 여기서 질문이 그 역할을 해 주는 것이다. 추상적인 질문보다는 구체적인 질문이 더 좋다. 또, 한 가지의 기억은 다른 기억들을 불러오는 자극제가 되기도 한다. 그래서 하나의 기억이 또 다른 기억을 찾아내고 그것이 그 주변의 기억을 또 찾아내도록 도와주는데 이때 필요한 것이 '질문'이다. 많은 질문에 대하여 다각도로 생각해보고 그 생각을 정리해가다 보면 훌륭한 글감을 모을 수 있게 된다.

28_
일반인 자서전 살펴보기

　유명인이 아닌 일반인들은 자서전을 어떻게 쓸까? 자서전 쓰기 교육 현장에서 많은 분들을 지도하다 보면 갖가지 형태의 자서전을 만나게 된다. 교육을 받으시는 분들이 모두 열심히 잘 쓰는 것은 아니다. 어떤 분들은 매주 숙제를 착실히 해 오셔서 토론 시간에 발표도 잘 하고 이야기의 주도권을 끌고 나가지만, 또 어떤 분들은 숙제도 하지 않고 결석도 하면서 과정을 끝맺지 못하시는 분들도 많다.

　유명인 자서전에 대해서는 많이 배우지만 그것을 일반인 자서전에 그대로 적용하기는 어렵다. 왜냐하면 유명인들과는 여러 가지 면에서 배경과 환경이 다르기 때문이다.

　그렇다면 일반인들은 어떤 식으로 자서전 쓰기에 접근해야 할까? 가장 좋은 것은 앞에서 배운 대로, 좋은 글감을 찾고 시대

순이나 사건 위주의 서술 방식을 사용하여 자신의 생각과 느낌을 글로 표현하는 것이다. 그러나 이것이 원하는 대로 되지 않는다면 조금 다른 방법을 사용하는 것도 나쁘지 않다.

첫째, 화보 위주의 사진 설명집을 만드는 것도 한 가지 방법이다. 앨범에 꽂혀있는 사진들을 모두 펼쳐놓고서 시간 순으로 배열하고 사진 하나 하나에 담긴 스토리를 생각해내고 사진에 대한 설명을 달아 한권의 책으로 편집하면 그것 또한 훌륭한 자서전이 된다. 이것은 글보다 사진이 더 중요하게 다뤄지는 기록물 형태라고 보면 된다. 비교적 쉬운 방법이나, 글로 엮어내는 자서전 보다는 의미가 적으니, 할 수만 있다면 글을 써서 남기는 자서전을 쓰는 것이 좋겠다.

둘째, 자서전 안에 담을 수 있는 내용 또한 다양하게 꾸밀 수 있는데 그 중에는 자녀들의 편지도 해당되겠고, 상장이나 논문도 해당된다. 자서전을 쓰는 사람이 본인의 자녀들에게 편지를 받는다고 생각하면 된다. '부모에게 쓰는 편지'를 자녀로부터 받아 그 글을 자신의 자서전에 싣는 것이다. 이렇게 편지만으로 내용을 채우라는 것이 아니라, 이러한 내용을 자서전의 후반부에 부록 형식으로 삽입시키는 것도 좋다는 뜻이다. 또, 경우에 따라서는 어느 기관에서 받았던 상장이라든가, 훈장도 본인에게는 귀한 자료이므로 자서전에 실을 수 있다. 상장은 스캐너로

스캔하면 얼마든지 책에 삽입할 수 있고, 훈장이나 벽에 걸려있는 그림도 디지털 카메라로 촬영한 후 컴퓨터를 이용해 책(자서전) 속에 삽입할 수 있다. 그러니, 자서전이라고 해서 처음부터 끝까지 글로만 내용을 구성한다고 생각하지 말자. 본인과 관련된 어떤 기록물도 자서전에 내용으로 삽입할 수 있다고 생각하면 매우 다양한 자료들을 발굴할 수 있을 것이다.

자, 그러면 이제는 일반인의 자서전을 예로 들어 책의 목차부터 살펴보기로 한다. 다음에 나오는 것은 하나의 예이므로 그냥 참고용으로 생각하면 좋겠다. 이것이 정답이 될 수도 없고 꼭 이렇게 하라는 것이 아니다. 다른 사람들은 어떻게 쓰는지를 궁금해하는 분들이 많기 때문에 하나의 예를 드는 것뿐이다.

여기에 소개하는 자서전은 물론 일반인이 쓴 책인데, 목차만 살펴보고 약간의 설명을 하기로 한다. 책 제목은 '험난한 골짝을 뚫고 흐른 강물'이고 물론 비매품이다.

제1부 출생과 성장
　01_ 조상의 숨결이 서린 영동
　02_ 아버지의 일본 유학과 오사카 생활
　03_ 귀국과 새로운 시련
　04_ 그리운 어머니
　05_ 충북 영동에서

자, 위에서 살펴본 것처럼 '출생과 성장'으로부터 시작해서 사회에 진출하고 직장생활을 하다가 퇴직하는 과정으로 진행해나갔다. 이러한 형태가 어찌 보면 가장 보편적인 서술방식이라고 할 수 있다. 시간 순으로 되어있어서 생각을 차근 차근 정리하기에는 좋은 방식이다. 하지만 독자들이 받아들이기에는 약간 무미건조할 수도 있고 재미가 없을 수도 있다. 그러므로 독자를 의식한다면 좀 더 재미있고 역동적인 방식과 구성을 시도하는 것이 좋겠다. 그리고 족보에 대해서 길게 서술하는 책들도 있는데 이것은 그다지 바람직하지는 않다. 족보가 본인에게는 매우 중요하지만 독자들에게는 그다지 중요하지 않기 때문이다. 그렇지만 이것을 좋다거나 나쁘다고 단정할 수는 없다. 자서전은 자서전만 가지고 있는 독특한 성격이 있다. 그렇기 때문에 자서전이 모든 독자들에게 재미있는 책은 아니다. 독자들에 따라서는 재미있게 받아들일 수도 있고 그렇지 않을 수도 있다는 것이다.

29_

자서전 쓰기 강좌 중 있었던 일

경기도에 있는 한 기관에서 자서전 쓰기 강의를 진행할 때 있었던 일이다. 그날도 역시 첫 시간은 강의를 진행하고 두 번째 시간에는 조를 나누어 토론을 했다. 일주일 동안 집에서 써온 이야기를 다른 사람들에게 읽어주고 함께 생각해보면서 의견을 교환하는 것이 토론 시간에 할 일이다. 한 어르신(여성분)께서 질문을 하셨다. 글감이 하나 있는데 그 이야기를 써야할지 말아야할지 고민이라고 하셨다. 그래서 그 이야기를 해달라고 말씀 드렸다.

젊었을 때 있었던 이야기인데 한 남자분에 관한 것이었다. 그런데 그 내용이 평범하지 않았다. 매우 놀라운 이야기였다. 그 어르신께서 처녀 때는 수줍음이 많고 남자들을 가까이 하지 못했는데, 하루는 동네의 한 총각이 다가와 사랑 고백을 하더라는 것이다. 이런 일을 처음 겪은 그 분은 수줍어하면서 도망가버리고 웬만하면 눈에 띄지 않도록 조심하며 피해 다녔단다. 그리고는 한참 시간이 지난 후 잊어버리고 지냈는데 그 후에도 많은 세월이 흘렀다. 그런데 어느 날 그 남자분의 동생을 통해 놀라운 이야기를 들었단다. 사랑을 고백했던 남자는 그 일이 있은 후 시름시름 앓다가 상사병으로 죽었단다.

이 이야기를 하고서 그 어르신께서는 난감한 표정을 지으셨다. 이런 이야기를 써도 되는 건지, 아니면 평생 무덤까지 갖고 가야하는 건지 모르겠다는 것이다. 많은 세월이 흘렀어도 그 사건은 그분께 아주 의미 있는 사건이었는가 보다. 좋은 기억이든, 나쁜 기억이든 당사자에게 많은 영향을 끼친 사건이라면 그것은 분명히 본인에게는 의미가 있다. 그래서 어르신께서 차분히 생각해보시라고 말씀드렸다. 그 사건의 중요성은 본인이 가장 잘 아는 것이다. 남에게는 사소해 보이는 것도 자기에게는 매우 중요한 사건일 수 있고, 또 그 정반대일수도 있다.

이 분의 이야기를 들어보면 남자분의 죽음이 과연 상사병 때문이었을까 라는 의문이 생기지만, 앞의 사건과 죽음과의 인과관계는 정확히 알 수 없는 노릇이다. 그러니 책임 문제를 논하는 것은 지나친 비약일 것 같다. 자신에게 정말 의미 있었던 일을 쓰는 것이 자서전이다. 그 의미는 본인이 부여하는 것이다.

또, 다른 기관에서 있었던 이야기를 하기로 한다. 필자가 자서전 쓰기 강의를 시작한 것은 지금으로부터 10년도 더 이전으로 거슬러 올라간다. 그때는 자서전 쓰기 강의를 처음으로 시작했던 때라 여러 가지로 부족한 점이 많았다. 주로 복지관이나 실버타운에 가서 무료로 강의를 해주던 시절이었다. 그런데 실버타운에 계시는 분들은 경제적인 문제가 없는 분들이라 비교적 노년에 풍족한 생활을 하시는 분들이었다. 그래서인지 수업에 참여하는 열의가 다른 곳보다 훨씬 부족하다는 것을 느꼈다. 절실한 것이 없어서 참여도가 떨어진다는 것을 알 수 있었다. 그러나 누구나 어떤 일을 성취하고자 한다면 그 일에 대한 열정이 있어야 한다. 작은 일이든 큰 일이든 말이다.

자서전 쓰기를 하는데 있어서는 큰 열정이 필요하다. 시작은 누구나 할 수 있지만 끝까지 잘 하기 위해서는 그만한 의지력과 인내심이 필요하다. 전문적으로 글을 쓰는 작가들도 한 권의 책을 써 내기 위해서는 최소 3개월에서 길게는 1년 이상 걸리기도 한다. 그런데 아마츄어가 글쓰기를 배워서 자신의 책을 한 권 써내려면 얼마나 큰 인내력이 필요하겠는가. 자서전 쓰기는 자기 자신에 대한 정체성을 찾아가는 과정이므로 자기에 대한 사랑이 우선해야 한다.

이번에는 자서전 쓰기 강의를 수강했던 어르신에 관한 이야기이다. 강의에도 빠짐 없이 참석하고 열심히 숙제를 해서 훌륭한 원고를 써 내신 분이다. 그런데 어느 날 원고를 가지고 지하철을 타셨는데 내릴 때 선반 위에 두고 내리셨단다. 그것을 찾으려고 분실물 센터를 오가며 일주일이나 알아봤지만 허사였다고 한다. 책 한 권 분량을 썼으니 그동안 흘린 땀과 수고가 얼마나 많았을까를 생각하면 안타깝기 그지없었다. 육필 원고였는데 그것을 잃어버렸으니 살릴 길이 없었다. 만일 컴퓨터에 파일로 저장해 놓았었더라면 그렇게 허무하게 원고를 날리는 일은 없었을텐데 참 안타까웠다. 그리고 이후에 어르신께서는 다시 도전하셨다. 그리하여 1년 가까운 시간동안 더 노력하여 한 권의 책을 집필하셨다. 그래서 그 분의 말씀을 들어보았다. 두 번째 쓰시니까 어떻더냐고 질문했다. 두 번 쓰니 문장 실력이 더 늘더라는 것이다. 처음과 동일하게 쓰지는 못했지만 그래도 만족할 만한 결과물이 나오더라는 말씀을 하셨다. 결과물로 나온 책을 매우 자랑스러

워하셨다. 그리고 자서전을 쓸 동기를 불어넣어준 필자에게 감사의 마음을 전한다고 하셨다. 그 분의 의지력과 인내심에 박수를 보냈다. 이렇

게 큰 열정과 끈기를 가지고 있는 분이라면 이보다 어려운 일도
이루어내실 수 있을 것이라고 말했다.

자서전을 쓰는 일이 쉬운 일은 아니다. 하지만 남이 아닌 자신
을 위해서 시간과 노력을 투자할 때 남들이 누리지 못하는 큰
기쁨을 누릴 수 있는 것이다. 이 일에 모두 동참하기를 바라는
마음이다.

30_

자서전 쓰기 강좌 수강 소감

이번에는 자서전 쓰기 강좌를 수료하신 분들의 이야기를 들어
본다. 무엇을 배웠으며 어떤 느낌을 받았는지 수강생들의 목소
리를 들어보자.

다음에 소개한 내용은 정독도서관에서 수강하신 분의 소감이
다. 현직에서는 장학사를 역임하고 학교 교장으로 퇴임하신 분
이다.

"먼저, 민경호 선생님을 뵙게 된 것이 큰 소득이었구요, 참
좋은 프로그램이라서 안내를 받고 이렇게 와 보니까 좋고, 아주
필요한 교육을 받았다고 생각합니다. 그런데 나이 먹으면서 차츰

차츰 기억력이 줄어들어서 과연 기억을 해낼 수 있을까 생각했었는데, 강사님이 쓰신 실습 책에 있는 질문들을 생각하면서 답을 쓰다보니까 자꾸 기억이 살아나는 것을 경험했습니다. 아무튼 이번 기회에 완전한 자서전이 될 지는 모르겠습니다만 엉성하게라도 출판을 해보고 나중에 더 다듬어서 더 훌륭한 책을 만들어보도록 하겠습니다. 감사합니다."

다음에 소개한 분도 교직 생활을 하고 퇴임을 하신 분이다.

"저는 교직에서 오랫동안 몸 담았던 사람입니다만, 이 자서전 쓰기 강의는 내용이라든지 형식이 아주 다양하고, 토의 학습이라든지, 시청각 기기를 잘 활용해서 충실하게 지도해주신 교수 방법에 대해서 감명이 깊었습니다. 보통 우리가 강의를 한다고 하면 구술로 한다든지 칠판에 판서를 하는 형식이 되겠지만, 여러 가지 다양한 방법을 통해서 사고력을 향상시켜주려고 애쓰신 것에 대해 감사드립니다. 저는 평소에 나 자신을 위해서 글을 써본 일이 그렇게 많지 않습니다. 일기 이외에는 별로 써 볼 일이 없었고 직장생활을 하다 보니까 더 그랬겠지요. 이번 기회를 통해서 나를 생각하고 과거를 돌이켜볼 수 있는 시간을 많이 가질수 있었던 것이 좋았다고 생각합니다. 특히 글을 쓴다고 하는 것은 말하는 것보다 장점이 많다고 생각합니다. 말이라는 것은 한번 입 밖에 나오면 수정할 수 없지만 글은 다듬고 고칠 수 있다는 장점이 있으니, 글을 많이 쓰고 노력하면 좋은 글을 쓸 수 있다고 생각합니다. 글을 쓰는 것은 사고 활동을 활발하게 하는 기회도 되기 때문에 사고력이나 분석력, 종합력, 비유, 반성적 사고, 사물을 관찰하는 힘이 많이 향상된다고 생각합니다. 이런 기회를 통해서 앞으로 글을 쓰는 시간을 많이 가지려고 합니다. 한 가지 아쉬운 점이 있다면 개별 지도하는 시간이 좀 더 많아졌으면 좋겠다는 것입니다. 아무튼 오랜 시간 잘 지도해 주셔서 고맙습니다."

다음은 중년 여성의 소감이다.

"저를 잘 아는 주변의 세 사람이 저더러 글을 써보라고 몇 년 전부터 권유를 했지만 엄두가 안 났거든요. TV드라마도 써 본 적이 있고 소설도 써 봤지만, 내 이야기를 써보려고 하니까 어떻게 시작해야 할 지도 모르겠고 엄청난 숙제인 것 같더라구요. 또, 시작해보니까 재미도 없구요. 그런데 선생님이 쓰신 실습 교재를 보니까 쓰기 쉽게 되어있어서 용단을 내려서 쓰기 시작했습니다. 결국 A4용지 26장 분량을 썼는데 이걸 보여주고 싶은 사람이 있습니다. 손으로 꼽아보니 다섯 명 정도 되더군요. 그래서 책은 아니더라도 그냥 복사해서 그 분들에게 나눠주려고 합니다. 지도 잘 해 주셔서 감사합니다."

　다음에 소개하는 것은 지방에 있는 평생학습센터에서 자서전 쓰기 강의를 마치는 날 소감을 들어보았던 내용인데 중년 여성분의 이야기다.

　"자서전이라는 것이 저와는 전혀 상관 없는 것이라고 생각했었습니다. 그런데 이런 기회에 배우고 나니까 제 인생의 일대기를 써야겠다는 생각을 많이 하게 됐습니다. 저 역시 파란만장한 인생을 살았고, 남에게 얘기할 수 없는 사연이 많은데 기록으로 남기고 싶은 마음은 많습니다. 제대로 쓰지는 못했지만 꼭 쓰겠습니다. 감사합니다."

　다음에 소개하는 분 역시 중년 여성이다.

　"저는 마음에 담아두었던 것이 많아서 마음이 참 많이 아팠었거든요. 우울증도 있어서 많이 힘들어했었어요. 그런데 자서전 쓰기를 하면서 생각을 참 많이 하게 되더라구요. 미처 생각지 못했던 것과 아쉬웠던 것들, 행복했던 것들을 끄집어내면서 제 나름대로 기억 여행을 했던 것 같아요. 그러면서 차츰씩 생활의 리듬을 되찾았습니다. 그리고 어떤 일이 닥쳤을 때 한 발짝 물러서서 생각하는 연습이 된 것 같아요. 또, 내 말 한 마디 한 마디가 다른 사람에게 어떤 영향을 끼칠까 생각하게 되더라구요. 또 어머니를 잃고 힘든 마음을 추스르는 데도 도움이 됐구요, 행복했던 순간들도 많이 떠오르더라구요. 정신적인 삶이 한 단계 업그레이드된 느낌을 받았습니다. 감사합니다."

다음에 소개하는 분은 경기도의 한 기관에서 수강하셨던 중년 여성이다.

"저의 과거를 돌아보면 어린 시절에 별로 즐거웠던 기억이 없다고 항상 생각하고 살았습니다. 그런데 이번 자서전 쓰기 과정을 통해서 발견한 것이 있는데요, 제 기억 속에 이렇게 행복하고 즐거웠던 기억이 있었다는 것을 제가 미처 모르고 있었다는 겁니다. 이 공부 과정이 참 감사한 시간이었구요, 아이에게 그런 기억을 하나라도 더 남겨줄 수 있는 엄마가 될 수 있는 좋은 시간이었던 것 같아요. 감사합니다."

다음에 소개하는 분도 중년 여성이다.

"10주 과정을 마치면서 생각해보니까 그동안 많은 것을 배웠는데 사실 쓰지는 못했어요. 그래도 이제는 자서전을 쓸 수 있는 토대는 만들었다고 생각합니다. 어제는 자서전 여행을 하듯이 어머니께 찾아가서 동영상도 찍어보고 사진도 찍으면서 설레는 마음이 들었어요. 지금부터가 시작이라고 생각해요. 감사합니다."

그 외에도 여러분들의 소감을 들었지만 이들을 종합해보면, 공통적으로 그들의 정신적인 건강에 도움이 되었다는 것이다. 강의를 진행한 필자로서도 매우 보람 있었고 흡족했다. 실제로 글을 충분히 써서 책이라는 결과물까지 만드시는 분이 있는가 하면 그렇지 못한 분들도 있다. 이 결과물이 그렇게 절대적으로 중요하지는 않다고 생각한다. 물론 책이라는 결과물이 나오면 누구보다 기뻐할 사람은 책을 쓴 본인일 것이고 박수를 받을 만한 일이다. 하지만 책을 만들지 못했다고 해서 의미가 없다고는 생각하지 않는다. 결과 보다는 과정이 더 값지고 소중하다. 글쓰기를 하면서 본인의 정체성을 찾고 인생의 의미를 발견했다면 그것으로 족한 것 아닌가 말이다. 많은 사람들이 이 즐거운 작업에 동참하기를 바란다.

- 제3부 -

자서전 쓰기 질문에 대한
답변 요령

자, 이제 여기서부터는 자서전 쓰기 실습에서 중요하게 생각하는 '질문과 답변'에 대해 깊이 생각해보기로 한다. 글감을 찾아내기 위해서는 질문에 대한 답변을 생각하며 과거를 떠올리는 것이 가장 좋은 방법이라고 앞에서 말했다.

사람의 일생을 아동기, 청소년기, 청년기, 결혼생활, 중년기, 장년기, 노년기로 분류한다고 할 때 각각의 시기에 따른 질문들은 다를 수밖에 없다. '아동기의 나'와 '노년기의 나'가 동일하다고 생각한다면 큰 착각이다. 나이를 먹으면서 사람이 변하지 않는다면 그게 오히려 비정상이고 변하는 게 정상이다. 본인은 달라진 게 없다고 생각할 수도 있으나 실제로는 그렇지 않다. 그러므로 아동기에 해당하는 질문과 노년기에 해당하는 질문은 같을 수 없다. 연령대별로 질문하는 내용은 모두 다르다. 설사 같은 내용의 질문이라 할지라도 연령대별로 답변은 달라질 수밖에 없다.

이 책은 자서전 쓰기 이론서이므로 실습서(내 자서전 쓰기 실전 BOOK)에 있는 내용을 모두 그대로 옮겨놓지는 않았다. 다만, 실습에 필요한 이론을 익히는 것이니 실습서에 있는 질문들 중에 설명이 필요한 질문에 대해서만 언급하기로 한다. 나머지 많은 질문들은 실습서를 참고하시기 바란다. 지금부터는 '내 자서전 쓰기 실전 BOOK'에 나와 있는 질문들을 연령대별로 하나하나 설명하기로 한다. 모두 소개한 것이 아니라 그 가운데 특징 있는 질문들에 대해서만 설명했으므로 다소 궁금증이 해소되고 어느 정도는 윤곽을 잡을 수 있으리라고 생각한다. 다만, 개인별로 경험한 내용이 모두 다르기 때문에 질문들이 모두에게 다 적용되는 것은 아니다. 본인에게 적용시키는 연습을 하되 필요한 만큼 질문을 변형시켜 보는 것도 좋은 방법이 될 것이다. 본인과는 거리가 먼 질문이라면 그냥 통과하고 넘어가도 좋다. 여기서는 설명을 해놓았을 뿐 실습은 여러분의 몫이다. 이 질문들에 대한 답을 찾아보면서(기억을 떠올리면서) 그것을 글로 써보기 바란다. 해보는 것과 해보지 않는 것은 하늘과 땅 차이다. 해보지도 않고서 안 된다고 말해선 안 된다. 우선 해보고 결론을 내려도 늦지 않으니 섣불리 포기하지 않기를 바란다. 이제부터 소개되는 내용은 읽고 치워서는 될 일이 아니다. 실습을 하지 않는다면 이 책은 교양서 이상의 역할을 하지 못한다. 반드시 실습을 해야 한다는 것을 강조한다.

이 책은 이론서이므로 교과서라고 생각하면 되고, 실습서(내 자서전 쓰기 실전 BOOK)는 노트라고 생각하면 된다. 이론과 실습을 병행해야 자서전 쓰기가 완성된다.

31_

아동기 · 청소년기 질문에 대한 답변

// 실습서(아동기 · 청소년기편) p6 질문 ☞

 (환경) 어린 시절에 살았던 집을 그려보라. 집 주변의 특징을 써보
  자. 농촌? 어촌? 도시?

// 이 질문의 의도 ☞

 자기가 살았던 집을 회상해보는 것은 매우 중요한 일이다. 사
람의 기억은 공간적 배경과 연관되어 연상되기 때문이다. 그러
니 자신이 태어나 자란 곳을 회상해보면 어린 시절의 기억들이
실타래 풀리듯 줄줄이 풀려 나오게 된다.

 예를 들어 고향 동네에 물레방아가 있었다든가, 얕은 개울,
멋진 성당, 과수원, 원두막, 방파제 등등 특징적인 장소가 생각나
거든 그 장소를 중심으로 한 기억을 통해 에피소드를 찾아내는
일은 어렵지 않을 것이다. 오래된 기억을 찾아내는 일은 이런

작업에서부터 시작된다. 또 그림을 그려봐도 좋다. 지그시 눈을 감고 고향을 머릿속에 떠올려 3차원 입체 영상으로 구성하고 그것을 생각이 나는 대로 종이 위에 그려보면 동네 그림을 멋지게 완성할 수 있을 것이다. 그런 다음 종이 위에 그려진 그림을 찬찬히 살펴보면서 하나 하나에 얽힌 사연들을 기억해내는 것이다. 앞에서 설명한 대로 자서전 여행을 하면 더 좋다. 머릿속에 그릴 것 없이 현장에 가보면 더욱 생생한 기억들이 떠오르는 것을 알 수 있다.

// 실습서(아동기 · 청소년기편) p7 질문 ☞
　(환경) 어린 시절 가장 좋아했던 장소는? 마음을 편안하게
　　　 해 준 장소는? 주로 놀던 곳은?
// 이 질문의 의도 ☞
　어린 시절에 즐겨 찾던 장소는 중요하다. 그때의 추억이 고스란히 남아있는 곳이고 정서가 깊게 배어있는 장소이기 때문이다. 어렴풋한 기억이 아련하게 떠오르며 어린시절에 가졌던 어린이의 마음을 되찾을 수 있다. 때로는 자신감 넘쳤던 시간들, 때로는 주눅들어 의기소침했던 시간들도 생각날 것이다. 마음을 편안하게 해 준 장소가 있었다면 어느 곳이었는가? 그곳에서 주로 무엇을 하였나? 또 누구와 함께 놀았는가를 기억해보자. 어린시절에 어울렸던 친구들의 얼굴을 떠올리며 즐거운 상상에

빠져보자.

// 실습서(아동기 · 청소년기편) p8 질문 ☞

(환경) 이사 다닌 곳은 몇 군데이고, 각각을 설명해보라.

　　　사는 지역은 어떠했나?

// 이 질문의 의도 ☞

이사를 다닌 곳도 매우 중요하다. 이사를 다녔다는 것은 환경이 변했다는 것이고, 환경의 변화는 정신적 변화도 함께 수반하므로 인생 전체에 큰 영향을 미칠 수 있는 사건이다. 여러 번 이사를 다녔다면 심경의 변화는 더 많았을 것이고 달라진 환경에 대처하는 방법을 스스로 터득했을 것이다. 그 장소와 관련된 에피소드를 찾아내는 것이 과제다.

// 실습서(아동기 · 청소년기편) p10 질문 ☞

(출생) 나의 태몽은 누가 꾸셨는가? 언제 어디서 태어났는가? 생년월일? 본적? 출생한 곳?

// 이 질문의 의도 ☞

보통 자서전 쓰기를 시작할 때 출생과 가문에 대해 쓰는 경우가 많은데 이것이 자서전을 구성하는 주요 요소는 아니다. 단지, 다른 기억들을 쉽게 떠올릴 수 있게 하는 보조 자료로 활용하고

자 하는 것이다. 특히 연세가 드신 분들의 자서전을 보면 가문과 혈통에 대해서 장황하게 쓰는 경우가 많은데, 이것이 본인에게는 매우 중요하지만 사실 독자들에게는 크게 중요하지 않은 내용이다. 다만 여기에서는 기억을 끌어내고자 하는 의도로 사용한 질문이다.

// 실습서(아동기 · 청소년기편) p11 질문 ☞
　(가족) 부모님과 가장 행복했던 기억은? 함께 놀아주셨던 기억은? 부모님과 함께 했던 행사는?
// 이 질문의 의도 ☞
　부모님과 함께 한 기억은 그 개인에게 무척 중요하다. 신세대 부모들은 아이들과 놀아주는 것이 매우 중요하며 당연히 그래야 한다고 생각하지만 연세가 드신 어르신들은 부모님들로부터 그렇게 큰 애정과 사랑을 받지 못하고 자랐다는 공통점이 있다. 특히 유교적 사상이 강했던 과거에는 부모가 자녀에게 살갑게 대하는 것을 좋지 않게 생각하는 경향이 강했기 때문이기도 하다.

　설령 그렇다고 해도 부모가 자식을 사랑하는 마음이야 예나 지금이나 다를 수 없으므로, 잘 기억해본다면 부모님이 나를 위해 헌신하고 애정을 쏟았던 기억을 찾는 것이 어렵지는 않을 것이다. 그것을 찾아내는 작업이다.

또 입학식이나 졸업식, 운동회, 학예회 등을 통해 부모님이 나에게 보여준 사랑을 기억해보자. 사랑 표현을 잘 하지 않는 무뚝뚝한 부모라고 해도 자식을 위하는 사랑은 분명 보여주었을 것이다. 이것을 잘 찾아보자.

// 실습서(아동기 · 청소년기편) p13 질문 ☞

　　(가족) 부모님이 꾸지람하셨던 기억은? 매를 맞았나? 그 이유는?

// 이 질문의 의도 ☞

　부모님께 꾸지람을 받거나 매를 맞았던 기억은 누구에게나 있을 것이다. 그 기억을 떠올리면 자신이 어렸을 때 어떻게 행동했는지 알게 될 것이며 그 행동을 부모님의 입장에서는 어떻게 받아들였을지 추측도 가능할 것이다.

　가령, 물건을 사달라고 떼를 썼다든지, 아니면 부모님의 말씀을 거역했다든지 등등의 경우가 있겠는데, 그 당시는 어려서 그러한 행동에 대해 생각하지 않았지만 나이가 든 지금 그 행동에 대해 어떻게 생각하는지를 자신에게 물어보는 것이다. 문제의 원인을 찾아낼 수 있고 어렸을 때부터 가졌던 자신의 생각이나 습관을 찾아낼 수도 있다.

　또, 본인이 현재 당면한 문제의 근원이 결국 어렸을 때부터 습관화된 행동들일 수도 있는데 그것을 찾아내는 계기가 되기도 한다. 스스로가 심리학적으로 행동 분석을 하게 된다.

이러한 과정을 통해 자신의 문제점을 찾아낸다면 그 해결책도 스스로 찾아낼 수 있을 것이다.

∥ 실습서(아동기 · 청소년기편) p14 질문 ☞

　(가족) 부모님이 칭찬하셨던 기억은? 그 칭찬으로 내게 변화
　　　　가 생겼나?

∥ 이 질문의 의도 ☞

　"칭찬은 고래도 춤추게 한다"는 말이 있듯이 어렸을 때 어른들로부터 듣는 칭찬은 아이의 기억 속에 오래도록 남을 수 있는 매우 인상적인 사건이다. 그 기억이 아이의 평생을 좌우하고 운명을 정하게 하는 경우도 많이 있기 때문이다. 특히 부모님으로부터 듣는 칭찬은 매우 긍정적으로 작용하기 때문에 아이의 정신적 발달에 크게 도움이 된다.

　이런 경험이 있었는지 생각해보고 글로 써보자. 아동기가 아니라도 상관 없다. 청소년기나 청년기에도 칭찬은 들을 수 있기 때문에 과거로 거슬러 올라가 기억 창고에서 찾아내보자.

∥ 실습서(아동기 · 청소년기편) p15 질문 ☞

　(관계) 어린 시절 가장 친했던 친구는? 그 친구와 관련된 에

피소드는?

// 이 질문의 의도 ☞

어린 시절에는 동네 아이들과 어울려 노는 것이 일상인데 그때 사귄 친구들은 아주 오래 기억에 남는다. 어린 아이들이라 호기심이 많아 돌발 행동도 많이 하게 되는데, 함께 웃고 함께 놀고 때로는 다치고 때로는 싸움도 한다. 그 시절에 있었던 이야기들을 하나 하나 꺼내보자.

// 실습서(아동기 · 청소년기편) p17 질문 ☞

(관계) 조부모님에 대한 기억은? 돌아가셨다면, 조부모님은 어떤 분이라고 들었나?

// 이 질문의 의도 ☞

부모님과는 대부분 오랫동안 함께 하지만 조부모님은 일찍 돌아가셔서 얼굴도 모르는 경우가 많이 있다. 집안의 어른들과 함께 자라난 아이들의 인성이 더 훌륭한 것은 어른들에게 예절과 품행을 배우기 때문일 것이다. 하지만 일찍 돌아가셨다면 함께 할 시간이 없으므로 다른 사람들로부터 이야기를 전해들을 수밖에 없을 것이다. 조부모님은 어떤 분이라고 전해들었나?

∥ 실습서(아동기 · 청소년기편) p18 질문 ☞

  (관계) 학교 선생님 중 기억나는 분은? 그 분이 특히 기억나
       는 이유는?

∥ 이 질문의 의도 ☞

  아이들이 자라면서 학교 선생님에 대한 기억을 잊지 못하는
것은 그만큼 어린 아이들에게 많은 영향을 주었던 분이기 때문
일 것이다. 여러 선생님들 중에서 특히 더 기억에 남는 분은
아마 어떤 에피소드 때문일 것이다. 유독 자신에게 친절하게 대
해주셨다든지, 함께 재미 있는 시간을 보냈던 추억이 있다든지,
머리를 쓰다듬으며 칭찬해주셨던 기억이 아주 인상적이었다든
지 등등 그 선생님과의 특별한 관계로 인해서 많이 영향을 받았
기 때문일 것이다. 이러한 기억을 찾아보자. 그리고 글로 옮겨보
자.

∥ 실습서(아동기 · 청소년기편) p19 질문 ☞

  (생활) 거짓말을 해서 혼난 적이 있나? 거짓말을 한 이유와
       내용은?

∥ 이 질문의 의도 ☞

  어렸을 때 거짓말을 하는 것은 누구에게나 있는 일인데 나름
대로 이유는 있을 것이다. 그와 관련된 에피소드를 찾아내는 작
업이다. 의도적이었든 불가피한 상황이었든 거짓말을 한 자신의

행동이 어떠했는가를 평가해보는 것도 자기 진단을 하는 중요한 과정이다.

// 실습서(아동기 · 청소년기편) p20 질문 ☞

　(생활) 어린 시절, 가장 좋아했던 동 · 식물은? 집에서 키운
　　　동 · 식물이 있었나?

// 이 질문의 의도 ☞

　아이들에게 동물이나 식물은 정서 발달에 영향을 준다. 그래서 도시에서 자란 아이와 시골에서 자란 아이들의 정서가 많이 다르다는 것도 알 수 있다. 시골에서 자란 사람은 도시가 선망의 대상이 될 것이며 도시에서 자란 사람은 시골을 살아보고 싶은 곳으로 생각할 수 있다. 그래서 개인마다 많은 차이가 있는 것이다. 집에서 애완동물을 키웠다든가 식물을 키웠다면 그에 관련된 에피소드가 많을 것이다.

　일반적으로 아이들은 어른들보다 감수성이 예민하기 때문에 동물들과의 교감도 어른들과는 다른 면이 있다. 본인이 어른이 되면 자기가 어렸을 때 동물을 사랑했었다는 사실마저 잊고 지내기도 한다.

　그러므로 자서전을 쓸 때는 반드시 그 사건이 있었던 당시의 자기로 돌아가야 한다. 10대에 있었던 일이라면 10대의 자기로 돌아가야 하고 30대에 있었던 일이라면 30대의 자기로 돌아가

야 한다. 이 작업은 본인의 내면을 깊이 탐구하는 데 많은 도움이 된다. 그러므로 기억을 열심히 더듬어보아야 한다.

// 실습서(아동기 · 청소년기편) p21 질문 ☞

(생활) 어린 시절, 철 없이 행동했던 기억은?

// 이 질문의 의도 ☞

어렸을 때는 어른들만큼 사리분별을 제대로 하지 못하기 때문에 엉뚱한 행동으로 어른들을 당혹스럽게 한다든가 철 없는 행동을 한 경험이 있을 것이다. 어른이 되어 생각해보면 우스꽝스러운 일인데 어렸을 때는 그러한 행동을 함으로써 주변 사람들을 힘들게 한 기억도 있을 것이다. 나의 그런 행동으로 인해 주변 사람들이 상처 받았던적은 없는가? 혹시 나의 행동 때문에 부모님이 경찰서에 불려가셨던 적은 없는가? 또, 그 정도는 아니더라도 민폐 끼치는 행동을 한 적은 없는가 생각해보고 글로 써보자.

// 실습서(아동기 · 청소년기편) p23 질문 ☞

(생활) 호기심이 발동해서 했던 일은?

// 이 질문의 의도 ☞

어린이들은 호기심이 많은데, 그래서 어른들이라면 하지 않을 행동들을 많이 하게 된다. 앞서 말했던 마크 트웨인만큼은 아니더라도 호기심 때문에 생겼던 일을 기억해보면 뭔가 기억나는 것이 있을 것이다. 개인적인 경험은 각자에 따라 다르므로 본인에게 해당될 수도 있고 해당되지 않을 수도 있지만 최대한 기억을 끄집어내다 보면 잊혀졌던 과거가 생각날 수 있다.

// 실습서(아동기 · 청소년기편) p25 질문 ☞

(의지) 나만의 고집이나 끈기, 근성이 있었나?

// 이 질문의 의도 ☞

아이들의 행동이나 말을 잘 살펴보면 그들의 성향을 파악할 수 있다. 장차 그 아이가 자라서 어떻게 살아가게 될 것이라는 것도 짐작할 수 있는데, 보통 어렸을 때 성격이 형성되고 습성이 몸에 배기 때문이다. 어려서부터 지는 것을 싫어했다든다, 뭔가에 몰두하면 끝장을 보는 성격이었다든가 하는 자기의 성향을 들여다보는 것이다.

// 실습서(아동기 · 청소년기편) p26 질문 ☞

(의지) 어릴 때 하고 싶었지만 할 수 없었던 일은? 왜 할 수 없었나?

// 이 질문의 의도 ☞

하고 싶었던 일을 하지 못하는 경우에는 그 서운한 감정이 나중까지 오래 남아있는 경우가 많이 있다. 마음 속에 앙금처럼 남아서 없어지지 않는 걸림돌처럼 작용할 때도 있다. 어렸을 때 이와같은 경험을 하면 그것이 무의식 속에 자리잡고 그것이 나중에 어른이 되어 밖으로 표출되는 경우가 많이 있다. 마음의 짐을 덜기 위해서라도 이러한 것은 찾아내어 치유하는 것이 좋다. 잘 기억해보고 왜 할 수 없었는지를 생각해보자.

// 실습서(아동기 · 청소년기편) p27 질문 ☞
　(영향) 어린 시절 눈으로 목격한 일 중에서 기억에 남는 것
　　　은?
// 이 질문의 의도 ☞
　오바마는 어린 시절에 목격한 사진 한 장에 자극받았고, 장성하여 인종차별 철폐를 위한 노력을 하게 된다.

　이처럼 어린 시절에 보고 듣고 경험한 것들은 그 사람의 인생에 매우 큰 영향을 주고 때로는 일평생 큰 의미를 주기도 한다. 눈으로 목격하거나 귀로 들은 이야기, 혹은 몸으로 겪은 사건 중에 기억나는 것을 찾아보는 것이다. 이러한 질문에 대한 답변은 한 번만 언뜻 생각해서 모두 기억나는 것이 아니다. 지금 기억나지 않아도 며칠 후 생각날 수도 있다. 눈을 감고 깊이 생각해보면 떠오르는 기억이 있을 것이다.

∥ 실습서(아동기 · 청소년기편) p28 질문 ☞

 (정신건강) 두려움을 느꼈나? 어떤 두려움이었나?

∥ 이 질문의 의도 ☞

　어린 아이들은 세상을 살아본 경험이 적기 때문에 자신이 경험하지 못한 것에 대해서는 막연한 두려움을 갖게 되는 경우가 많이 있다. 이것은 자라면서 극복이 되겠지만 아이들로서는 받아들이기 어려운 과제다. 자신의 마음을 들여다보기 위해서는 이 물음에 대한 답을 스스로 찾아보는 것이 좋다. 그러면 어른이 된 현재에 가지고 있는 문제에 대한 답을 찾아낼 수 있을지도 모른다.

∥ 실습서(아동기 · 청소년기편) p30 질문 ☞

 (친구) 청소년기에 어울렸던 친구들은 어떤 특징이 있었나?
　　　　가장 친했던 친구는? 그 친구와의 추억 중 가장 기억
　　　　에 남는 것은?

∥ 이 질문의 의도 ☞

　청소년기의 아이들은 자신의 부모보다 친구들을 더 중요하게 생각하는 경향이 있다. 반항심도 있고 독립하고 싶은 욕망이 생기는 시기이기도 하다. 특히 중 · 고등학교 때 사귄 친구들이 평생 친구로 남는 경우가 많은데, 그 이유는 본인도 청소년기 때 감수성이 가장 많았고 그때 사귄 친구들 또한 사춘기였기 때문에 끈끈한 우정으로 맺어진 관계라 더욱 그런 것 같다. 청소년기 때 사귄 친구들의 이름으로부터 시작해서 그들과 어떤 경험을 공유했으며 그들은 어떤 특징들을 가졌었는지 회상해보는 것이다. 아마 즐거운 추억 여행이 될 것이다. 그 중에서도 가장 친했던 친구는 누구이며, 지금은 그 친구가 어떻게 지내고 있을지를 상상해보는 것도 좋다.

// 실습서(아동기 · 청소년기편) p32 질문 ☞
　(감성) 사춘기때 있었던 이성간의 추억은? 이성에게 감정을
　　　　표현했나?
// 이 질문의 의도 ☞
　사춘기는 이성에 대해 눈을 뜨는 시기이므로 여러 가지 해프닝이 많이 있었을 것이다. 처음으로 마음에 다가온 이성, 그리고 쑥스러운 고백, 어설픈 교제 등등 첫사랑에 대한 추억을 포함하여 재미있는 사건들을 떠올려보자. 감정을 표현했나? 그러면 어떻게 표현했나? 이성에 대한 호기심을 가지면서 어떤 변화가 일어났는가?

// 실습서(아동기 · 청소년기편) p33 질문 ☞
　(감성) 외국이나 타지를 동경해본 적은 없나? 내가 사는 곳

을 떠나고 싶었던 적은?

// 이 질문의 의도 ☞

외국이나 그 나라 사람들의 모습을 볼 때 동경하거나 떠나고 싶지 않았나? 미지의 세계로 떠나서 새로운 생활을 해 보고 싶었던 적은 없었나? 가출하고 싶다거나 어디론가 뛰쳐나가고 싶었던 적이 있는가? 농촌이 아닌 도회지에 나가고 싶어했다든지 심경의 변화가 있었는지를 묻는 질문이다.

// 실습서(아동기 · 청소년기편) p34 질문 ☞

(감성) 정신적인 충격을 받은 사건이 있었나? 심적인 변화는?

// 이 질문의 의도 ☞

오바마 자서전에는 9살짜리 오바마가 도서관에서 잡지에 실린 사진을 보고 충격을 받았다는 내용이 나온다고 앞서 소개했다. 이와같이 누구나 자라면서 크고 작은 충격을 경험한다.

이것을 본인이 슬기롭게 잘 받아들이면 병이 되지 않지만 자칫 잘못하면 평생에 씻지 못할 아픈 상처로 남게 된다. 정신건강을 위해서는 이러한 문제를 스스로 잘 처리해나가는 것이 중요하다.

그러므로 오래 전에 있었던 일들 가운데 이러한 경험이 있었는지 잘 생각해보고 그 경험으로 무엇이 달라졌으며 그 이후에 어떠했는지 글로 써본다.

∥ 실습서(아동기 · 청소년기편) p35 질문 ☞

   (감성) 진지하게 나의 미래를 고민한 적이 있나? 어떤 고민
         인가? 나의 정체성을 생각했나?

∥ 이 질문의 의도 ☞

   청소년기에 미래에 대한 고민을 하는 것은 당연한 일이겠으나
그렇지 않은 아이들도 있다. 일찍 철이 드는 아이들은 사춘기가
되면서 어른스럽게 행동하고 사고도 진지하게 하는 경향이 있
다. 경제 사정이 좋지 않은 집의 아이들이 일찍 철이 들면 돈을
벌어와 식구들을 먹여살리기도 하는데 본인의 경우에는 어떠했
는지를 생각해본다. 학업에 대한 생각, 장래 직업에 대한 생각,
결혼하고 가정을 꾸리고 살아가는 것에 대한 생각을 일찍부터
가졌는지 아니면 오랜 세월이 지나고 난 후에 그런 생각을 했는
지 기억해보자. 자신의 정체성에 대해 고민했는지도 생각해보고
글로 써보자.

∥ 실습서(아동기 · 청소년기편) p37 질문 ☞

   (학창시절) 가장 성적이 좋았던 때는? 가장 잘한 과목과 싫
         어한 과목은?

// 이 질문의 의도 ☞

학창시절에는 학교에서 생활하는 시간이 많기 때문에 학교 친구나 선생님들에 대한 기억이 많을 것이다. 과목 중에도 좋아하는 과목과 싫어하는 과목이 있어서 그와 관련된 에피소드를 찾아내는 일은 어렵지 않을 것이다. 또 그 해당 과목의 선생님과 관련된 에피소드가 있는지 생각해보면 좋은 글감을 발견할 수 있을 것이다.

// 실습서(아동기 · 청소년기편) p38 질문 ☞

(학창시절) 당시 나의 꿈은 어떤 사람이 되는 것이었나? 노력했나? 중·고등학교는 어느 곳을 다녔고 통학은 어떻게 했나?

// 이 질문의 의도 ☞

학창시절에 대한 질문이다. 목표가 있었는지를 묻는 질문이고 그에 대해 노력했는지도 아울러 묻는다. 또 예전에는 학교에 통학하는 것도 매우 어려운 시절이 있었다. 걸어다닌 사람도 있고 콩나물 시루처럼 사람들로 **빽빽**하게 들어찬 버스를 타고 다닌 사람도 있을 것이다. 통학길에 있었던 재미있는 에피소드가 좋은 글감이 되기도 한다.

꿈 많던 중·고등학교 시절, 뒹구는 낙엽만 보고도 깔깔대던 시절이 있었는지 생각해보자. 삐딱하게 교모를 쓰고, 옷에만 신경 쓰고, 겉멋만 부리던 시절은 없었는가?

// 실습서(아동기 · 청소년기편) p40 질문 ☞

(학창시절) 학교에서 별명은? 콤플렉스가 있었나? 문제를
　　　　　 일으킨 때는? 학급 친구들과 몸싸움을 한 적은
　　　　　 있나?

// 이 질문의 의도 ☞

학창시절에는 누구나 감수성이 풍부한 시기였으므로 여러가
지 예측 불가능한 일들이 일어날 수도 있고 돌발상황도 있었을
것이다.

친구간에 별명을 부르며 놀리는 경우도 있고 남 모를 콤플렉
스에 시달리는 경우도 있다. 또 친구들과 몸 싸움을 해서 부모님
에게 걱정을 끼쳐드리는 경우도 있었을 것이다. 질풍노도의 시
기에 겪었을만한 자신만의 이야기를 엮어내는 것이다. 친구와
다투었다면 그 이유가 있었을텐데 그것도 기억해본다.

철없이 행동한 적은 없었는지, 자랑스럽거나 후회할 일은 없
었는지를 회상해보는 것이다.

// 실습서(아동기 · 청소년기편) p42 질문 ☞

(가족) 나로 인해 부모님이 다투셨던 일은? 그 일로 무슨 변

화가 있었나?

// 이 질문의 의도 ☞

아이들이 성장하는 과정에서 겪게 되는 일이 무수히 많은데 사건 하나 하나를 통해서 인생을 배워가는 것이라고 말할 수 있겠다. 그런데 철없이 행동한 나의 행동으로 인해 부모가 다투었다면 그 사건은 가정에 매우 중요한 일일 수도 있다. 그런 기억이 떠오른다면 현재는 그 일에 대해 어떻게 생각하는지를 스스로에게 물어보고, 자녀를 키우는 부모의 입장에서는 어떤 마음이었을까를 생각해본다.

또, 그 일로 인해 어떤 변화가 있었는지도 생각해보고 글로 정리해본다.

// 실습서(아동기 · 청소년기편) p45 질문 ☞

(관계) 부모님은 내가 무엇을 하길 원하셨나?

// 이 질문의 의도 ☞

부모와 자녀 사이에 발생하는 문제 가운데에는 자녀의 장래 문제에 관한 것일 경우가 많다. 진학이나 직업 또는 결혼에 관한 문제가 주로 해당될 수 있겠다.

이것은 부모는 부모대로 삶의 일정한 기준이 있기 때문인데 그것을 자녀에게 강요하다보면 이런 현상이 발생한다. 부모가 원하는대로 하자니 자기 생각과 같지 않고, 자기 생각대로 하자니 부모가 반대한다면 서로 매우 불편한 관계가 될 수 있다.

흔히 드라마의 단골 소재로 등장하는 것은 자녀의 결혼을 반대하는 부모와 자녀 사이의 갈등관계이다. 이런 일이 있었는지 점검해보자. 글감으로는 매우 훌륭한 소재가 될 수 있다. 내가 원하는 것이 있었지만 부모님의 반대에 부딪혀서 다른 선택을 할 수밖에 없었다면 그것을 소재로 글을 써본다.

거기서 더 나아가 재미있게 써보고자 한다면, 자기가 선택한 것과 다른 선택을 했다고 가정하고 글을 쓰는 것이다. 실제와는 다른 가정을 하고서 그 결과를 상상해보는 글쓰기를 해본다.

// 실습서(아동기 · 청소년기편) p46 질문 ☞

(생활) 청소년기에 운동이나 음악을 좋아했나? 체력은 어느 정도였나? 재미 삼아 즐겨했던 것은? 다룰 수 있는 악기는?

// 이 질문의 의도 ☞

청소년기에는 체력이 왕성하기 때문에 힘쓰는 운동도 즐겨 하는 경향이 있다. 또 그 시기에는 감수성이 최고로 발달하기 때문에 이 때에 예술을 접하면 충분히 매력을 느끼기도 한다. 재미를 느끼며 하는 것은 싫증을 내지 않고 오래 할 수 있는데 이런 것이 있었는지도 생각해보고, 악기를 배운다든가 접해본 악기는 무엇이 있었는지도 생각해본다.

// 실습서(아동기 · 청소년기편) p47 질문 ☞

(생활) 청소년기에 가출한 적이 있나? 없다면 가출 충동을
느낀 때는?

// 이 질문의 의도 ☞

한 복지관에서 토론을 할 때였다. 위와 같은 질문을 했더니
한 어르신께서 가출한 적이 있으셨단다. 평소 말투로 보나 성향
으로 봐서는 전혀 가출할 것 같지 않게 보이는 분께서 가출했었
다는 말씀을 하셔서 다소 놀랐다. 이유야 나름대로 다 있겠지만
누구나 과거사를 캐다 보면 예상치 못했던 이야기들이 마구 쏟
아져 나온다.

현재는 세월이 많이 흘러서 지난 일들이 기억 속에 묻혀 있으
나 지난날의 파란만장했던 이야기 보따리를 풀어놓으면 구구절
절 신묘막측한 이야기들이 끊임없이 쏟아져 나온다. 감수성이
최고조였던 청소년기를 다시 회상하는 것은 큰 즐거움이 된다.
글로 표현을 하든 못하든 상상하는 것만으로도 즐겁지 않은가?
마치 다시 청춘으로 돌아간 듯한 착각에 빠진다. 회춘하는 것일
까?

// 실습서(아동기 · 청소년기편) p47 질문 ☞

(생활) 청소년기에 성에 대해 어떻게 생각했나? 성교육을 받
았나?

　요즘에는 학교에서도 성교육을 하고 있지만 예전에는 그런 것이 없었다. 그래서 호기심 가득한 청소년들은 성에 대한 지식도 없고 가르쳐주는 사람도 없었다. 본인은 이런 호기심을 어떻게 해소했는지 생각해보고 친구들은 어땠는지도 함께 생각해보자.

// 실습서(아동기 · 청소년기편) p48 질문 ☞

　(성향) 내 성격은 어떤 편이었나? 외향적? 내성적?

　　　다혈질? 온순? 성급함? 느긋함?

// 이 질문의 의도 ☞

　성격에 얽힌 이야기는 아주 많을 것이다. 외향적인 사람이나 내성적인 사람이나 자기 성격에 관련된 이야기는 넘쳐날 것이고, 다혈질이거나 온순하거나 성급하거나 느긋한 성격도 나름대로 특별한 사건과 맞물려 웃지 못할 해프닝을 연출하기도 한다. 잘 떠오르지 않는다면 오래 생각해보는 것도 한 방법이다. 오늘 생각해보고 떠오르는 것이 없으면 내일도 같은 질문을 해보고 또 며칠 후에 다시 같은 질문을 스스로에게 해보는 것이다. 지금 당장은 생각나지 않는 질문에 대한 대답이 오랜 시간이 흐른 후 퍼뜩 떠오르는 경우도 있다. 어차피 자서전을 쓰려면 장기적인 계획을 세우고 천천히 음미하듯 진행시켜야 하므로 질문에 대한 답변을 성급히 결론지으려 하지 말고 오랜 시간에 걸쳐 생각하는 습관을 가지자.

// 실습서(아동기 · 청소년기편) p50 질문 ☞
  (영향) 나에게 진지하게 충고를 해 준 사람이 있나?
// 이 질문의 의도 ☞
  이 질문은 청소년기가 아니라도 해당될 수 있는 질문이겠으나 여기서는 특히 청소년기에 초점을 맞춰 질문한 것이다. 그 시기는 인생의 방향이 정해지는 때이므로 특히 더 중요하다. 꼭 부모가 아니더라도 삼촌이나 이웃, 목사님, 혹은 큰형이나 숙모 등등 어느 누구라도 나에게 진심어린 충고를 해 준 사람이 있다면 그때의 기억을 떠올리며 회상해보자.

// 실습서(아동기 · 청소년기편) p52 질문 ☞
  (영향) 학창시절의 잊지 못할 은사님은?
// 이 질문의 의도 ☞
  사람은 주위 환경에 따라 달라지기도 하는데, 또 함께 하는 사람들에 의해서도 많은 영향을 받는다. 부모님은 말할 것도 없고 친구나 이웃, 스승에 의해 큰 영향을 받기 때문에 그들에 대해 새롭게 조명해보는 것은 매우 의미 있는 일이다. 스승의

한 마디가 제자의 일생을 뒤바꿀 수도 있는데 이런 예는 수없이
찾아볼 수 있다. 그러므로 내가 만난 선생님 가운데 가장 내게
큰 영향을 주신 분은 누구이며, 또 그 결과는 어떠했는지를 살펴
보자.

32_

청년기 · 결혼생활 질문에 대한 답변

∥ 실습서(청년기 · 결혼생활편) p5 질문 ☞

(감성) 청년기에 승리감을 느끼게 했던 사건은? 청년기에 좌
절감을 느끼게 했던 사건은?

∥ 이 질문의 의도 ☞

청년기는 인생에서 황금기다. 가장 원기왕성하고 패기 넘치는
시기이기도 하다. 그래서 성공도 실패도 많이 하는 때다. 성공하
면 승리감에 환호하겠지만, 반면에 실패하면 크게 좌절하는 시
기이기도 하다. 그 시기를 어떻게 살았느냐에 의해 일생이 좌지
우지되는 경향이 있으므로, 자신이 지나온 청년기를 회상하는
것은 매우 의미 있는 일이다. 현재의 내 모습이 되는데 결정적인
영향을 끼친 시기이므로 깊이 회고해 보길 바란다.

∥ 실습서(청년기 · 결혼생활편) p6 질문 ☞

  (감성) 군대를 제대할 때 느꼈던 감정과 각오는? / 또, 여자
       라면 질문을 고쳐서 써 보세요.

∥ 이 질문의 의도 ☞

  군대는 남자들이 가는 곳이다. 여군도 있긴 하지만 그들은
자원해서 입대한 경우이고 대부분은 남자들이 간다. 그러므로
이 질문에 대해서는 여자나 군대에 가지 않은 남자라면 해당되
지 않으므로 질문을 고쳐서 생각할 수 있다.

  군대를 제대할 때는 만감이 교차하는데 처음에 자대 배치를
받고 이등병으로 생활하던 때를 떠올려보면, 제대할 때 쯤에는
산전수전을 다 겪고 파란만장한 시절을 보냈다고도 생각할 것이
다. 그와 동시에 군에서 경험했던 많은 에피소드가 함께 기억날
것이며 그중에 글감이 될 만한 것을 골라 답변을 쓰면 된다.

∥ 실습서(청년기 · 결혼생활편) p7 질문 ☞

  (의지) 청년기에 몰두했던 일은? 분야는? 좋아서 했던 일
       은? 청년기에 연애를 했나? 배우자의 이상형은?

∥ 이 질문의 의도 ☞

  청년기 때부터 한 분야에 몰두하면 세월이 흐른 다음에는 그
것이 결실로 나타나게 되지만, 젊은 날을 헛되게 보내는 사람들
은 세월이 흐르면서 인생의 후반기가 아름답지 못하게 끝나는

것을 보게 된다. 본인이 좋아서 하는 일은 잘 할 수 있지만 마지못해 하는 일은 성과도 나타나지 않고 일의 보람도 찾을 수 없다. 먼 미래를 설계하면서 한 가지에 자기 일생을 걸고 매진한 일이 있느냐는 질문이다. 또, 청년기에 연애를 했다면 연애와 관련된 에피소드들이 많을 것이고, 본인이 생각했던 배우자의 이상형은 어떤 사람이었는지 생각해보자. 그리고 그때의 생각과 현재의 생각이 어떻게 다른지도 비교 판단해보고 글로 서술해보자.

// 실습서(청년기 · 결혼생활편) p8 질문 ☞
  (생활) 청년기 때 종교 활동은? / 무종교인은 종교에 대해
      가졌던 생각을 써 보세요.
// 이 질문의 의도 ☞
  자신의 종교관을 써 보는 것도 좋은 일이다. 특히 청년기 때에 어떤 종교를 가졌는지, 또 종교가 없었다면 자신이 종교인들을 바라보면서 어떤 생각을 가졌는지를 생각해 보자. 어떤 사람은 종교에 무관심하기도 하고, 또 어떤 사람은 특정 종교를 아주 싫어하는 경우도 있다. 만약 싫다면 무엇 때문에 싫어하는지 써 보는 것도 좋다. 그리고 각 종교들에 대해서 본인이 얼마나 알고 있는지도 생각해보자. 또, 왜 종교인들은 자기 종교에 그토록 매달리는지도 생각해보고 이에 대한 의견을 써보자. 이것은 훌륭한 글감이 된다.

// 실습서(청년기 · 결혼생활편) p11 질문 ☞

(생활) 사회 초년생 시절에 가장 중요했던 문제는?

(결혼, 집 장만, 직업 안정 등등...)

// 이 질문의 의도 ☞

청년기 때는 젊기 때문에 겁이 없다는 장점도 있지만 그 반면에 해야 할 일과 결정해야 할 일들이 대단히 많다. 취직을 해야 하고, 결혼을 해야 하고, 아이를 낳아 키워야 하고, 직업도 안정되게 잘 적응해야 하는 등등 수많은 과제들을 해결해야 할 시기이므로 쉽지 않은 세월들을 보내게 된다. 다행히 젊기 때문에 육체적 정신적 어려움도 비교적 잘 견뎌내고 모험도 쉽게 하는 경향이 있다. 이 시기를 자신이 어떻게 살아왔는지 점검해 보는 것이다.

// 실습서(청년기 · 결혼생활편) p12 질문 ☞

(생활) 결혼 후 부모님과 함께 살았나? / 분가했나? / 불편했던 점은? / 결혼 후 출산 계획은 어떻게 했나?

// 이 질문의 의도 ☞

결혼을 하지 않고 독신으로 사는 경우라면 질문을 고쳐서 답변해 보기 바란다. 그런데 결혼한 사람이라면 질문에 있는 것처럼 많은 문제들과 부딪히는데, 결혼 후에 분가를 했는지 아니면 부모님과 함께 살았는지, 또 함께 살아 불편한 점은 없었는지 등을 묻는 질문이다. 그리고 자녀 출산에 관한 문제는 부부가 어떻게 의견을 모았는지, 그 과정에서 문제는 없었는지 등도 해당된다.

// 실습서(청년기 · 결혼생활편) p13 질문 ☞

(생활) 언제 첫 아이가 태어났는가? 그때 당신의 나이는? 출산 후 생활의 변화가 있었나? (직업이나 이사 등등……)

// 이 질문의 의도 ☞

첫 아이의 출산은 부부에게 매우 중요하다. 가정을 꾸리고 나서 처음으로 부모가 되는 일이기 때문이다. 아이를 낳아서 길러본 경험이 없는 부모로서는 생활의 큰 변화가 찾아오는 셈이다. 아이가 태어남으로 인해서 부부에게 크게 달라진 것은 없었는가?

// 실습서(청년기 · 결혼생활편) p14 질문 ☞

(결혼 전) 결혼 상대를 어떻게 만났으며, 강하게 끌린 때는 언제인가? / 가족이나 친구들은 나의 결혼에 대해 어떤 태도를 보였는가?

// 이 질문의 의도 ☞

배우자를 처음 만났던 시간과 장소를 떠올려보고 언제부터

호감을 가지게 되었는지를 묻는 질문이다. 또 주변 사람들이 나의 결혼에 대해 어떤 태도를 보였으며 혹시 반대한 사람은 없었는지도 생각해 본다.

// 실습서(청년기 · 결혼생활편) p15 질문 ☞
  (결혼 전) 결혼을 반대한 사람이 있었나? 이유는 무엇이고
          어떻게 대처했나?
// 이 질문의 의도 ☞
  결혼을 누군가 반대했다면 분명 이유가 있을 것이다. 이유가 무엇이었는지 쓰고, 또 반대에 대해서 어떻게 대처했는지를 써 본다. 반대한 이유가 집안의 내력 때문인지, 경제력의 차이 때문인지, 그 외의 요인 때문이었는지 생각해본다.

// 실습서(청년기 · 결혼생활편) p16 질문 ☞
  (결혼 전) 결혼하기까지의 과정은 어떠했는가? / 독신자라
          면 질문을 고쳐서 써 보세요.
// 이 질문의 의도 ☞
  사귀고 결혼하기까지의 과정이 순조로웠는지 그 반대였는지도 생각해보고, 글감이 될 만한 에피소드들을 찾아본다. 과정이 순조롭지 못했다면 무슨 이유 때문이었는지, 험난한 과정을 어

떻게 극복했는지도 생각해보자. 또, 결혼하지 않은 독신자라면 왜 결혼을 안 했는지 본인의 이야기를 써보자.

// 실습서(청년기 · 결혼생활편) p17 질문 ☞

(일) 첫 직장에 들어갈 때의 상황은? (시험, 소개 등등……)

// 이 질문의 의도 ☞

첫 직장을 아주 어렵게 우여곡절 끝에 들어가는 사람이 있는 가 하면 소개를 받아 들어가는 경우도 있고, 시험을 보는 경우도 있다. 본인은 어떤 경우였는지 써보고 첫 직장에 들어간 감회는 어떠했으며 적응하는데 문제는 없었는지, 월급은 적당했는지, 취직 전에 상상했던 직장에 대한 생각과 다르진 않았는지 등등 다양하게 검토해보고 글로 써보자.

// 실습서(청년기 · 결혼생활편) p18 질문 ☞

(일) 첫 직업은 무엇이었으며 왜 그것을 선택했나?

// 이 질문의 의도 ☞

사회에 첫 발을 내딛는 사람은 부푼 꿈을 안고 시작하는데 그 직업 또는 직장을 선택한 이유가 있을 것이며 중간에 이직을 했다면 어떤 이유 때문이었는지에 대해서도 생각해본다.

// 실습서(청년기 · 결혼생활편) p19 질문 ☞

  (일) 직장 내 상사와의 관계는 어떠했나? 직장 동료들과의
     관계는?

// 이 질문의 의도 ☞

  직장도 사람들이 모여 이룬 조직이기 때문에 직장 내에서는 잡음도 많고 탈도 많다. 그래서 대인관계가 매우 중요한데 처신을 잘 못하면 조직생활을 하기가 무척 힘들어진다. 당연히 상사와의 관계도 중요하고 동료들과도 마찬가지다. 조직에 적응하는 정도도 사람마다 다른데, 본인의 경우엔 어떠했는지 생각해보고 글로 풀어 써본다.

// 실습서(청년기 · 결혼생활편) p20 질문 ☞

  (가족) 부모님께 자랑하고 싶었던 일은?

// 이 질문의 의도 ☞

  부모 입장에서는 자식이 잘 자라나 훌륭한 사회인으로 자리잡고 살아가는 것을 보는 것이 가장 기쁜 일일 것이다. 자녀 입장에서는 자기가 성공한 모습을 부모님께 보여드리는 것이 효도라고 생각하기도 한다. 그러면 무엇을 해서 부모에게 자랑스러운 나의 모습을 보여드리려고 했는가를 물어보는 질문이다. 잘 생각해보고 글로 옮겨보자.

∥ 실습서(청년기 · 결혼생활편) p22 질문 ☞
 (가족) 부모님이 돌아가실 때의 상황을 서술해보라.
∥ 이 질문의 의도 ☞

 부모님의 임종을 맞이하는 것은 누구에게나 처음으로 겪는 일이다. 그런데 그 경험은 매우 충격적이고 슬프다. 그래서 평생토록 잊혀지지 않을 기억이다. 부모님께서 돌아가실 당시의 전후 상황이 어떠했는지, 그리고 나는 어떻게 그 상황에 반응하고 대처했는지를 생각해 보자. 장례는 어떻게 치렀으며 그 이후 내 삶에는 어떤 변화가 있었는지를 잘 생각해보자. 물론, 부모님이 돌아가실 때 본인의 나이가 젊을 수도 있고 그렇지 않을 수도 있다. 각자마다 모두 다르니 본인의 경우엔 어떠했는지를 생각하며 회상해본다.

∥ 실습서(청년기 · 결혼생활편) p23 질문 ☞
 (가족) 부모님이 돌아가신 후 자식된 도리를 못한 가장 후회
      스러운 일은?
∥ 이 질문의 의도 ☞

 부모님이 이미 돌아가셨다면 이 질문에 대한 답변을 써보자. 살아계실 때는 잘 느끼지 못하지만 돌아가신 다음에는 후회하는 것이 인지상정인가보다. 잘 해드리지 못해서 안타까운 것이 있다면 글로 한번 써보자. 만일, 부모님께서 아직 살아계시다면,

나중에 후회할 행동을 하지 않는게 최선일 것이다.

∥ 실습서(청년기 · 결혼생활편) p24 질문 ☞
  (가족) 부모님이 매우 마음 아파하셨던 일은? / 내가 무엇을
      할 때 가장 기뻐하셨나?
∥ 이 질문의 의도 ☞
  부모님은 자식이 잘 되기만을 바라지만, 자식 입장에서는 잘
한다고 한 일이 오히려 부모님이 마음을 아프게 하는 경우도
있다. 나의 잘못으로 인해 부모님이 속상해하신 일은 없었는지
생각해본다. 또, 그 당시에는 부모님의 마음을 이해하지 못했지
만 지금 생각해보면 이해할 수 있는 사건은 없었는가? 또, 내가
어떤 행동을 할 때 부모님께서 가장 기뻐하셨는지를 생각해보
자.

∥ 실습서(청년기 · 결혼생활편) p25 질문 ☞
  (가족) 내가 바라본 아버지와 어머니의 청춘시절은 어떠했
      나?
∥ 이 질문의 의도 ☞
  〈아빠의 청춘〉이라는 노래가 있는데, 자식이었던 나는 아버
지와 어머니의 삶을 알지도 못했고 이해하지도 못했다. 그렇다

면 내가 어렸을 때 아버지와 어머니는 어떤 삶을 사셨을까 상상
해본다. 그때는 내가 어려서 몰랐지만 이제 내가 장성해 보니
그때 부모님의 삶을 이해할 것 같다. 그러니 부모님이 젊으셨을
때는 어떤 생각을 하고 사셨으며, 경제적인 어려움이나 시련이
있었다면 그것을 어떻게 극복하셨을지 생각해본다.

// 실습서(청년기 · 결혼생활편) p26 질문 ☞
　(관계) 신혼 초, 부부 사이에는 어떤 의견 차이가 있었나?
// 이 질문의 의도 ☞
　오랜 기간 연애를 하고 나서 결혼을 한 부부라고 하더라도,
부부가 되어 한 집에서 생활하게 되면 연애할 때는 몰랐던 사실
들을 알고 다소 놀라기도 한다. 사소한 생활 습관과 같은 것은
살아가면서 알게 되는 경우도 흔하다.
　어떤 부부는 옷걸이에 옷을 거는 방식이 달라 신혼 초에 서로
옥신각신했다고 한다. 남편은 외투를 옷걸이에 걸 때 바깥이 겉
에 보이도록 걸고, 아내는 안쪽이 겉에 나오도록 걸었다고 한다.
아내의 행동을 이상히 여긴 남편이 그 이유를 물어보니, 외투는
바깥쪽이 중요하니 바깥쪽을 보호하기 위해 뒤집어 걸어야 한다
는 것이었다. 생각하는 방식에 따라 얼마나 행동이 달라질 수
있는지를 단적으로 보여주는 예라고 하겠다. 이와같이 생활방식
의 차이나 의견 차이를 경험한 적이 있는지 묻는 질문이다.

// 실습서(청년기 · 결혼생활편) p26 질문 ☞

(관계) 부부가 서로 떨어져 있던 때가 있었는가?

// 이 질문의 의도 ☞

자의에 의해서 혹은 타의에 의해서 부부가 서로 떨어져 살았다면 그만한 이유가 있었을 것이고, 그 기간이 길든 짧든 부부에게는 큰 의미가 있었을 것이다. 가령, 남편의 직장이 먼 곳으로 발령나는 바람에 주말 부부가 되었다든지, 아니면 부부 중 한 사람이 짧은 시간이나마 지방이나 해외 출장을 다녀오는 경우라면 특별한 의미가 있는 시간을 보냈을 것이다. 그런 경험을 통해서 부부 사이에 어떤 변화가 있었는지도 생각해보자.

// 실습서(청년기 · 결혼생활편) p28 질문 ☞

(관계) 아이가 사춘기가 되었을 때, 아이와 어떤 관계를 유지했나?

// 이 질문의 의도 ☞

자녀가 사춘기에 이르면 부모와 자녀 사이의 관계에는 많은 변화가 생긴다. 특히 아버지와 딸, 어머니와 아들 사이가 더욱 그렇다. 동성이 아니라 이성이기 때문에 더 많은 갈등을 낳게 되는 것이다. 사춘기가 되기 전까지는 대체로 아이들이 부모의 말을 잘 따르는 편이지만 사춘기가 되면서 부모의 뜻을 거스르고 반항하는 경향이 많이 나타난다. 이것은 인간의 성장과정에서 극히 자연스러운 현상이지만 그 변화를 몸으로 체감하는 부모들로서는 여간 곤혹스러운 일이 아니다. 말 잘 듣던 딸이 어느 날 갑자기 자기 아버지가 옆에 다가오지도 못하게 한다든지, 아들이 어머니에게 폭언을 퍼붓는다든지 하는 경우가 이에 해당할 수 있겠다. 이러한 변화를 어떻게 받아들이며 대처했는지를 잘 생각해보자.

// 실습서(청년기 · 결혼생활편) p29 질문 ☞

　(관계) 이웃은 누구였고 어떻게 교류했나? 가장 친하게 지낸 이웃은?

// 이 질문의 의도 ☞

　앞에서 피터 드러커 자서전의 특징을 설명하면서, 그는 자기 자신의 이야기를 한다기 보다 주변 인물들을 서술함으로써 자기 자신에 대한 설명을 간접적으로 했다는 이야기를 했다. 그는 이웃집 사람들, 어린시절의 학교 선생님들, 할머니 등등 그의 주변 인물들에 대한 이야기를 많이 하고 있다.

　독자 여러분들도 자기 주변 인물들에 대한 고찰과 분석을 통해서 자신이 어떤 인물들로부터 영향을 받으며 이제껏 살아왔는지를 생각해본다면 매우 의미있는 시간을 가질 수 있을 것이다. 자신을 직접적으로 설명하는 것이 아니라 지인들에 대한 서술이 결국 여러분에 대한 설명을 대신해줄 것이다.

// 실습서(청년기 · 결혼생활편) p30 질문 ☞

(자녀) 아이 탄생을 위해 어떤 준비를 했는가?

// 이 질문의 의도 ☞

아이가 태어나기까지 부모는 함께 기대하고 노력하지만 경우에 따라, 사람에 따라 많은 차이가 있을 것이다. 어떤 아버지들은 자녀가 태어나는 순간을 아내와 함께 하지 못하는 경우도 많으며 또 그 반대의 경우도 있을 것이다. 아이의 탄생을 기대하면서 아기 옷을 준비했다든가, 집안 환경을 바꾸었다든가, 이사를 했다든가, 기타 여러 가지 경우가 있었을 것이다. 본인은 어떻게 했는지를 생각해보고 글로 옮겨보자.

// 실습서(청년기 · 결혼생활편) p30 질문 ☞

(자녀) 아이가 병에 걸린 적이 있는가? 아플 때 누가 보살폈는가?

// 이 질문의 의도 ☞

아이가 병에 걸렸을때 부모들은 대부분 비슷한 반응을 보인다. 마치 자기가 병에 걸린 것처럼 안절부절 못하고, 차라리 아기 대신 본인이 병을 앓는 게 낫겠다는 생각도 한다. 아이들의 병치레와 관련해서는 에피소드가 많을 것이다. 굳이 전염병까지는 아니더라도 잦은 병원 출입이나 입원, 또는 수술 등 아이들이 성장 과정에서 겪어냈던 아픔들을 부모들은 모두 기억하고 있기 때문이다. 또, 아이들이 병마와 다투는 동안 부모들은 어떻게 그들을 돌보아 주었으며 치료되는 과정은 어떠했는지 생각해보자.

// 실습서(청년기 · 결혼생활편) p31 질문 ☞
(자녀) 아이가 어렸을 때 어떻게 칭찬과 벌을 주었는가?
// 이 질문의 의도 ☞
아이가 어렸을 때 부모가 교육하는 방식에 따라서 그 아이들이 자라나는 과정이 달라질 수 있다. 잘못을 했을 때 회초리를 들었는지, 집안 한 구석에 세워놓고 벌을 주었는지, 타일렀는지 등등을 떠올려보자. 또, 칭찬받을 만한 일을 했을 때 아이에게 무엇을 해 주었는지도 생각해보자.

// 실습서(청년기 · 결혼생활편) p32 질문 ☞
(자녀) 아이들의 학교 생활에는 어떻게 참여했는가?
// 이 질문의 의도 ☞
아이들의 학교 생활에 부모들이 참여할 수 있는 프로그램은 많지 않지만 학교 운동회와 같은 행사에는 부모가 참여할 수 있기 때문에 어린 자녀를 가진 부모들은 가급적 참여하는 경향이 있다. 예를 들어, 운동회를 마치고 나서 집에서 준비해 간

김밥과 간식을 아이들과 함께 먹었다든지, 함께 외식을 했다든지 하는 에피소드가 있는지 생각해보자.

// 실습서(청년기 · 결혼생활편) p33 질문 ☞
  (자녀) 부모로서 아이에게 가장 전하고 싶은 메세지는?
// 이 질문의 의도 ☞

아이들이 어렸을 때는 건강하게만 자라달라는 생각을 했겠지만 학교에 입학하고 중학교와 고등학교로 진학하는 아이들에게 바라는 바는 조금씩 달라졌을 것이다. 키도 많이 크면 좋겠고, 공부도 잘 하면 좋겠고, 외모도 훌륭하면 좋겠다는 바람이 있었을 것이다. 부모는 항상 원하는 바를 말하지만 그렇다고 해서 아이들이 그 말을 고분고분 다 듣는 것은 아니다. 정말로 자녀들에게 하고 싶었던 이야기나 교훈에 대해 글로 써보자. 아이들이 받아들일지 그 반대일지는 모르지만 이렇게 글로 남겨놓으면 언젠가는 그 메시지가 아이들에게 전달될 것이다. 아이들은 자기가 어릴 때는 알지 못했던 어른들의 세계를 차츰 깨달으며 성장해갈 것이다. 청소년기를 거쳐 청년이 되고 중년이 되면 부모님의 마음을 이해하게 된다. 그때는 부모가 남긴 자서전이 아이들에게 정말 값진 교훈서가 될 것이다. 앞에서 러셀 베이커 자서전의 예를 들면서, 부모가 남긴 자서전이 자녀들에게 훗날 큰 교훈서가 될 것이라는 이야기를 했었다. 그와 같은 역할을 하는 것이 자서전이다. 말로써 아이들에게 부모의 메시지를 전달하는 데에는 한계가 있다. 부모의 잔소리라고 받아들이기 때문이다. 활자화된 부모의 자서전이 자녀에게는 삶의 지침서가 될 것이다.

// 실습서(청년기 · 결혼생활편) p35 질문 ☞
 (추억) 결혼 생활의 어느 단계에서 가장 행복했는가?
// 이 질문의 의도 ☞
 특히 행복했던 시절이 있다. 잘 나가던 전성기라고나 할까. 그때 그 시절을 떠올리며 행복한 글쓰기를 해보자. 가족 여행을 했다든가, 직장에서 승진을 했다든가, 상을 받았다든가, 경사스런 일이 있었다면 글쓰기의 좋은 글감이 될 수 있다. 이것을 기록함으로써 다시 한 번 그때의 감동과 기쁨을 만끽해보자.

// 실습서(청년기 · 결혼생활편) p36 질문 ☞
 (추억) 신혼 초의 아름다운 추억이나 회상. 신혼 여행에 대해 말해보라.
// 이 질문의 의도 ☞
 신혼 시절 만큼 기쁨이 가득한 시간들은 많지 않을 것 같다. 새로운 가정을 꾸리고 한 집안의 가장이 되고 조력자가 되는 것은 매우 기쁘고 보람된 일이다. 인생의 황금기라고도 할 수 있는 추억을 더듬어보자. 또, 신혼 여행지에서 경험했던 일들이나 그때 가졌던 포부에 대해서도 다시 한 번 되새겨 보는 기회를 가지자. 젊은 날을 회상하는 과거로의 여행이 될 것이다.

// 실습서(청년기 · 결혼생활편) p37 질문 ☞

(기타) 청년기에 가장 하고 싶었으나 하지 못했던 일은?

// 이 질문의 의도 ☞

청년기에는 하고 싶은 일이 많다. 젊기 때문이다. 하지만 여러 가지 주변의 여건들로 인해 그것이 불가능한 경우도 많이 있다. 공부를 하고 싶은데 집안의 경제력이 뒷받침을 해주지 못했다든가, 본인이 사랑하는 사람과 결혼하고 싶었지만 상황이 불가능해서 하지 못했다든가, 취직하고 싶은 직장이 있었지만 능력 부족으로 취직할 수 없었다든가 등등 여러 가지 결정들에 대한 후회와 아쉬움이 남는 경험을 했을 것이다. 이것을 어찌 보면 운명이라고 해야 할 수도 있겠으나, 본인이 선택했던 것과는 다른 길을 선택했다면 수많은 변수에 의해서 완전히 다른 인생을 살았을지도 모를 일이다. 그러니 다른 선택을 했을 것을 가정하고 이야기를 전개해보자. 자기 인생에 대한 깊이 있는 성찰을 가능하게 할 것이다.

// 실습서(청년기 · 결혼생활편) p37 질문 ☞

  (일) 청년기에 인생 전체를 설계했나? 어릴 때와 달라진 점
      은?

// 이 질문의 의도 ☞

  시간이 지남에 따라 목표도 달라지고 생각도 달라진다. 어릴
때 가졌던 꿈은 나이가 들면서 바뀐다. 어렸을 때는 대통령이
되겠다느니, 과학자가 되겠다는 꿈을 꾸지만 실제로 살아가면서
점차 한계를 느끼고 세상에 그냥 적응해가면서 살려는 마음이
든다. 청년기에 본인의 인생 전체를 설계하면 참 좋겠지만 아직
살아보지 않은 삶을 설계한다는 것이 그리 쉬운 일은 아니다.
여러가지 시행착오를 한 후에나 깨달을 수 있는 것이 인생 아닌
가. 그래도 큰 꿈을 이룬 사람들은 어려서부터 정해놓은 목표가
있었던 사람들이다. 본인의 경우는 어떠했는가 생각해보고 글로
옮겨보자.

33_

중년기 · 노년기 질문에 대한 답변

// 실습서(중년기 · 노년기편) p5 질문 ☞

　(성취) 중년기에 가장 좋았던 때는 언제였는가? 나의 전성기
　　　는?

// 이 질문의 의도 ☞

　중년기를 '제2의 사춘기'라고도 한다. 조금은 위험할 수도 있
는 시기라는 뜻이다. '칼 구스타프 융'이 주장했던 '제2의 사춘
기'에는 질풍노도와 같은 특징은 없으나, 자기의 깊은 내면과
무의식의 세계까지 이해하는 인생의 후반부에 겪게 되는 아픔이
동반된다. 또한 인생에서 화려한 성취를 할 수 있는 시기이기도
하다. 그러므로 그때의 기억을 떠올리고 재조명하는 것은 매우
중요한 일이다. 나의 전성기 시절로 돌아가보자.

// 실습서(중년기 · 노년기편) p7 질문 ☞

(생활) 처음으로 집을 장만한 때는? 집을 장만하기 위해 했
던 노력은?

// 이 질문의 의도 ☞

적어도 우리나라에서는 집이 가지고 있는 의미가 매우 크다.
'재산'이라고도 표현할 수 있을만큼 집은 가정 경제에서 큰 비중
을 차지하기 때문이다. 직장에 다니고 저축을 하는 것도 어찌
보면 자기 집을 하나 장만하기 위한 과정이라고 해도 과언이
아닐만큼 집은 중요한 재산의 일부다. 그러니 집과 관련된 에피
소드는 많은 것이 당연하다.

예를 들어서, 월세나 전세에 살다가 번듯하게 자기 집을 샀을
때 가졌던 느낌과 행복에 대해 써도 좋겠고, 그 집을 마련하기
위해서 고생해왔던 지난날의 역사를 써도 좋겠다. 피땀 흘려가
며 모은 돈으로 내 집을 가졌을 때의 감격은 본인만이 누릴 수
있는 최고의 기쁨일 것이다.

// 실습서(중년기 · 노년기편) p7 질문 ☞

(생활) 판단 착오로 크게 실수했던 일은? 손실은?

// 이 질문의 의도 ☞

중년기의 특징이라고 할 수 있는 것이 있다. 청년기때보다는
더 대담해지고 모험을 하더라도 그 규모가 더 크다는 것이다.

그래서 간혹 크게 실수를 하는 사람들이 있다. 착실하게 직장 생활을 하던 사람이 어느 날 갑자기 주식에 관심을 갖게 되고 급기야 큰 돈을 투자하고는 가산을 탕진하는 경우도 참 많다. 돈을 버는 과정이 너무 고단하기에, 한 번에 크고 쉽게 벌어보자는 욕심이 작용했을 지도 모른다. 또, 사업에 투자했다가 자본금을 날리는 사람이 있는가 하면, 도박이나 마약으로 인생을 쓸쓸하게 마감하는 사람도 있다. 이것은 자기에 대한 확실한 인지가 부족했기 때문이라고 생각된다. 자기의 내면을 깊이 있게 들여다봄으로써 그러한 착오 판단을 피해 갈 수 있는 것인데 그러한 기회가 없었기 때문이 아닐까. 자서전을 쓰면 자신에 대한 정확한 진단과 평가가 가능하기 때문에 이러한 결정적 실수를 줄일 수 있다.

이 질문에 답을 함으로써 자신에 대한 냉정한 평가를 시도해보자. 과연 옳은 판단을 하며 살았는지, 아니면 허황된 꿈을 좇아 다니지는 않았는지를 살펴보자.

// 실습서(중년기 · 노년기편) p8 질문 ☞
   (생활) 취미 생활로 즐긴 것은?
// 이 질문의 의도 ☞
   중년기와 노년기에는 정신적인 활동이 매우 중요하다. 자칫 잘못하면 의미 없는 일에 시간을 쏟아버리고 인생을 낭비해버리는 경우가 종종 있기 때문이다. 그래서 취미활동을 해야한다. 일에만 몰두해서 큰 일을 성취하는 것도 물론 좋지만 여가를 어떻게 즐기느냐 하는 것도 그에 못지 않게 중요하기 때문이다. 특히 직장에서 은퇴한 노년기라면 취미활동은 더욱 중요하다. 자신은 어떤 취미활동을 했는지 생각해보고 글로 정리해보자.

// 실습서(중년기 · 노년기편) p8 질문 ☞
  (생활) 중년에 자신의 인생에서 가장 의미 있었던 사람은 누구인가?
// 이 질문의 의도 ☞
  중년에 만나는 사람으로부터 영향을 받아 자기의 인생이 달라지는 경우가 많다. 좋은 사람 혹은 나쁜 사람, 혹은 아무 의미 없는 사람들과 만났다 헤어졌다를 반복한다. 그러면 나를 아는 무수한 사람들이 내게 어떤 의미가 있는가를 생각해볼 필요가 있다.

  그들로부터 어떤 영향을 받았으며 내가 그들에게 어떤 영향을 주었는지를 생각해보면 나에 대한 성찰이 저절로 이루어진다. 그들과의 관계에서 내가 어떻게 행동했으며 그들은 내게 어떤 의미로 다가오는가를 진지하게 글로 써보자.

// 실습서(중년기 · 노년기편) p9 질문 ☞

 (의지) 노후 대비 계획은 어떻게 세웠으며 어떤 실천을 했는
  가?

// 이 질문의 의도 ☞

 노년을 대비해서 계획을 세우고 실천한 사람은 많지 않을 것
이라고 본다. 요즘에 와서는 신세대 아빠들이 아이들과 놀아주
기도 하고 캠핑을 다니면서 가족들과 시간도 함께 보내는 경우
가 많지만 예전에 가부장적인 아버지들은 자녀들과 시간 보내는
것도 익숙하지가 않아서 서먹하기까지 한 경우가 많이 있다. 또,
자녀들을 위해 온전히 희생해가면서 헌신했지만 정작 자신들을
위해서 모아둔 재산은 많지 않은 경우가 대부분이다. 노후를 대
비해서 나름대로 준비한 것이 있다면 그것에 대해 서술해보고,
만일 그렇지 않다면 앞으로 어떤 계획을 가지고 있는지에 대해
서 써보는 것도 좋은 방법이다.

// 실습서(중년기 · 노년기편) p10 질문 ☞

 (일) 본인의 개인 사업을 해 보려고 했는가?

    / 사업가라면 자신의 사업체에 대해서…….

// 이 질문의 의도 ☞

 중년에 이르면 사회적으로도 연륜이 있고 경험도 풍부해서
사업체를 운영하는 것이 목표가 되기도 한다. 그러나 개인 사업

을 해서 성공하는 것이 쉬운 일이 아니라서 많은 사람들이 도전했다가 실패하곤 한다. 퇴직을 했다든가 아니면 기타 여러 가지 이유로 인해 사업을 벌이려고 하는 사람들이 많은데 본인의 경우는 어떠했는지를 잘 생각해본다. 또, 해보지는 않았지만 한 때는 사업을 염두에 두고 있었다든지 등등 자신의 경우에 대해 생각해보자.

또, 본인이 사업가라면 어떤 과정을 거쳐 창업했으며 어떻게 성장시켰고 어떤 고생을 했는지를 이야기할 수 있을 것이다. 이야깃거리를 찾아 써보자. 그리고 사업을 하고자 하는 사람들에게 조언해주고 싶은 말이 있다면 그것에 대해서도 서술해보자.

// 실습서(중년기 · 노년기편) p11 질문. ☞
  (일) 주식 투자나 부동산 등으로 재테크를 했나?
        그 결과는 어떠했나?
// 이 질문의 의도 ☞
  주식이나 부동산에 투자한 것이 누구에게나 좋은 결과로 나타나는 것은 아니다. 물론 돈을 번 사람도 많지만 그 반대의 경우도 많기 때문이다. 그러나 중년기에 주식이나 부동산에 관심을 갖는 것을 이해할 수는 있다. 직장인의 경우, 월급 외에 다른 곳으로부터 들어오는 수입이 없다면 재테크에 대해 집착하는 것이 어쩌면 당연한 일일지도 모른다.

본인의 경우, 재테크를 어떻게 했으며, 하지 않았다면 왜 안했는지, 또 했다면 얼마나 득실을 보았는지를 생각해보자.

∥ 실습서(중년기 · 노년기편) p12 질문 ☞

(일) 직장에서 해고될 위기가 있었나? 어떻게 극복했나?

∥ 이 질문의 의도 ☞

직장 생활을 하는 가장이 해고된다면 그 가정의 경제는 매우 위태로워진다. 한 직장에서 수십년간 일을 한다면 이런 위기가 한 번 쯤은 찾아오기 마련이다. 실제로 해고가 현실로 다가오는 경우도 있다.

그렇다면 이러한 위기를 극복할 수 있었던 것은 어떤 노력에 의한 것이었는지를 생각해보자. 만일 그런 경험이 한 번도 없었다면 다행스러운 일일 것이고, 직장 생활을 원만히 잘 할 수 있었다면 그것이 어떻게 가능했는지를 생각해본다. 또, 해고나 퇴직하는 동료들을 볼 때 어떤 마음이 들었는지도 생각해보고 서술해보자.

∥ 실습서(중년기 · 노년기편) p12 질문 ☞

(정신건강) 압박과 스트레스를 받을 때는 무엇을 했나?

∥ 이 질문의 의도 ☞

본인의 정신 건강을 위해서 특별히 노력한 것이 있는지를 묻는 질문이다. 스트레스를 관리하는 것은 개인마다 방법이 다를 수 있는데, 스트레스를 받을 때 그것을 떨쳐버리기 위해서 무엇을 했는지 생각해보자. 여행이나 취미활동을 했는지, 스포츠 활동을 했는지, 아니면 술로 달랬는지 등등 본인의 관리법에 대해서 생각해보고 서술해보자.

// 실습서(중년기 · 노년기편) p13 질문 ☞
(정신건강) 이 세상은 살 만한 곳이라고 생각하는가?
// 이 질문의 의도 ☞

세상을 바라보는 시각이 개인의 정신 건강에는 매우 중요하다. 매사에 짜증을 내며 부정적으로 사고하는 사람이 있는가 하면, 그 반대로, 자신에게 다가오는 모든 상황을 긍정적으로 해석하려고 노력하는 사람이 있다. 세상을 바라보는 시각, 즉 세계관에 관해서 묻는 질문이다. 또 자신이 일생을 살아오는 동안 가치관이나 세계관이 변하지는 않았는지를 생각해보자. 예를 들어, 젊었을 때는 매우 부정적이었는데 나이가 들면서 긍정적으로 바뀌었다든가 하는 것이 이에 해당될 수 있다. 사람은 나이가 들면서 사고방식도 달라지기 때문이다. 본인의 경우에 대해 잘 생각해보자.

// 실습서(중년기 · 노년기편) p13 질문 ☞

(정신건강) 정신적으로 너무 힘들어서 눈물을 흘리며 밥을
먹었던 적이 있었나?

// 이 질문의 의도 ☞

괴테가 말한 것처럼 눈물 젖은 빵을 먹어본 적이 있는지를
물어보는 질문이다. 필자의 경우, 젊은 시절에 취직하기 위해
이력서를 들고 온갖 직장들을 찾아다니며 면접을 보러 다닌 적
이 있었다. 한 두 군데가 아니고 이루 셀 수 없을만큼 많았다.
그때 매우 비참하고 고통스러웠다. 울고 싶었고, 실제로 이력서
를 가슴에 품고 다니며 눈물을 흘린 적도 있었다. 모든 사람이
다 같을 수는 없으나 누구나 비슷한 경험들을 하는 것을 알 수
있다. 인생의 암흑기를 통과할 때 느꼈던 절망과 좌절, 그리고
그것을 극복했을 때 누렸던 성취감과 행복감에 대해서 서술해보
자. 기쁨이 있으면 슬픔도 있는 법. 기쁨과 슬픔에 대해 다시
한 번 생각하며 이야기를 써보자.

// 실습서(중년기 · 노년기편) p14 질문 ☞

(정신건강) 중년기에 자신이 긍정적이었다고 생각하는가?

// 이 질문의 의도 ☞

긍정적인 사고를 할 때 모든 일이 잘 풀리는 법인데, 긍정적인
사고를 하지 못할 때도 많이 있다. 정신 건강을 위해서는 긍정적

인 사고가 필수적이지만, 그렇지 못했다면 그 원인은 무엇이며 시간이 지나면서 달라진 건 없었는지 생각해보자.

// 실습서(중년기 · 노년기편) p14 질문 ☞

  (회상) 정말 하고 싶었는데 하지 못했던 일은?

// 이 질문의 의도 ☞

  무엇인가를 해야 마땅하지만 여건상 하지 못하는 경우도 많이 있다. 예를 들어, 직장의 업무 때문에 가정에 소홀했다든가, 자라나는 아이들과 많은 시간을 함께 하지 못해서 아쉽다든가, 기타 여러 가지 하고 싶었던 일을 하지 못한 경우가 있었다면 언제였을까를 생각해보고 서술해보자.

// 실습서(중년기 · 노년기편) p15 질문 ☞

  (건강) 중년기에 꾸준히 했던 운동은?

// 이 질문의 의도 ☞

  중년기에 건강을 관리하는 것은 노년기를 대비하기 위해서라도 매우 중요하게 생각할 일이다. 하지만 중년기를 직장에서 보내는 가장들의 경우, 운동으로 몸 관리를 하는 것도 쉽지는 않다. 야근이며 회식 등이 운동을 못하게 하는 이유가 되기도 한다. 의도적으로라도 꾸준히 했던 운동이 있다면 그것이 무엇이며 또, 얼마동안 꾸준히 했는지를 생각해보자.

∥ 실습서(중년기 · 노년기편) p15 질문 ☞
  (건강) 중년기에 큰 병에 걸린 것이 있는가? 병을 어떻게 극
      복했나?
∥ 이 질문의 의도 ☞

  병에 걸리면 일상적인 생활은 망가진다. 그래서 가족 중 한
사람이라도 환자가 되면 가족 전체가 고통을 받게 된다. 식생활
이 서양식으로 많이 바뀌다 보니 각종 성인병에 암까지 발병하
는 경우가 많다. 큰 병에 걸려서 수술을 하거나 입원한 적이
있다면 그와 관련된 이야기들을 많이 찾아낼 수 있을 것이다.
병을 극복하는 과정에서 있었던 일도 잘 생각해보자.

∥ 실습서(중년기 · 노년기편) p16 질문 ☞
  (건강) 중년이 되어 체력이 떨어졌다고 생각한 때는?
∥ 이 질문의 의도 ☞

  중년이 되면 시력에서부터 근력, 지구력과 같은 능력들이 청
년기에 비해 대체적으로 쇠퇴하기 시작한다. 사람의 체력은 20
대에 최고조를 이루다가 그 이후 서서히 하락한다고 한다. 평소
에는 체력에 대해 자신 있어 하다가도 어떤 특정 사건이 생기면

체력이 예전만 못하다는 것을 알게 되기도 한다. 계단을 뛰어서 오르내리던 사람이 어느 순간 걸어올라가는 자신을 발견하고 소스라치게 놀라는 경우도 여기에 해당할 수 있다. 이 비슷한 경험은 누구나 나이가 들면서 한 번쯤 겪어봄직한 일이다.

// 실습서(중년기 · 노년기편) p17 질문 ☞

(관계) 나를 배신한 사람이 있나? 그 결과는?

그에 대해 나는 어떻게 행동했나?

// 이 질문의 의도 ☞

배신을 당한다는 것은 정신적으로 매우 힘든 일이다. 한 번 배신을 당하면 다른 사람에 대해서도 믿음을 가지기 어려워진다. 배신당한 경험이 있기 때문에 경계하게 되고 더욱 마음을 닫아버리게 되는 결과가 생긴다. 크고 작은 차이가 있을 뿐 이런 경우는 우리 주변에서 흔히 볼 수 있는 일이다. 믿었던 친구나 이웃, 심지어는 가족에게까지 배신당하는 경우가 있는데 이럴 경우에 그 결과는 어떠했으며, 그때 내가 취한 행동은 무엇이었는지 생각해본다. 그리고 그때의 감정을 떠올려보고 감정적 글쓰기를 한다.

앞에서 언급했듯이 감정적 글쓰기가 심리 치유에 도움이 된다는 연구 결과가 있으므로 이것을 한 번 해보는 것이다. 과거의 사건을 담담하게 서술함으로써 객관화시키고, 그 객관화된 사건을 제3자의 입장에서 공정하게 평가해보는 시간을 가져보면 심리 치유에 도움이 될 것이다.

// 실습서(중년기 · 노년기편) p18 질문 ☞
(생활) 중년기때 공휴일에는 무엇을 하며 지냈나?
　　　여가? 종교활동?
// 이 질문의 의도 ☞

공휴일에 휴식을 취하는 일은 매우 중요하다. 청년기때만큼 활력이 넘치는 것도 아니기 때문에 규칙적인 운동을 하는 게 좋겠으나 그것도 여건이 마련되지 않으면 하기 어려운 일이다. 쉬는 날에라도 가족들과 시간을 함께 보내면 좋으련만 일에 지친 직장인들은 공휴일에라도 쉬기를 원한다. 본인은 중년기때 공휴일에는 무엇을 했는지 생각해보자. 여가를 활용했는지, 종교활동을 했는지, 그냥 집에서 편히 쉬었는지를 생각해보고 이야기를 써보자.

// 실습서(중년기 · 노년기편) p19 질문 ☞
(생활) 사랑에 대해 말해보라.
　　　품었던 환상에 대해, 그리고 실제는 어땠는가?
// 이 질문의 의도 ☞

사람마다 사랑에 대한 개념을 다르게 가지고 있는 것 같다. 그러므로 그에 따른 행동들도 다르게 표현되는데 본인은 어떤 생각을 가지고 있는지를 살펴본다.

이성에 대해서도 생각했던 바와 실제 사이에 어떤 차이가 있었으며 행동은 어떻게 했는가를 생각해본다. 혹시 사랑에 대해 이상이나 환상은 가지고 있지 않았나 스스로 진단 평가해보는 글을 써본다.

// 실습서(중년기 · 노년기편) p20 질문 ☞

(생활) 결혼 생활 중 가장 위기였던 때는?

// 이 질문의 의도 ☞

위기는 언제라도 찾아올 수 있지만 슬기롭게 극복하면 도리어 큰 기회가 되기도 한다. 부부가 가정을 꾸려나가는 동안 직면하는 문제들은 수없이 많지만 그 가운데서 특히 위험했던 상황도 있었을 것이다. 이혼 위기까지 간다든가, 직장에서 해고당할 위기가 있었다든가, 자녀가 큰 사고를 당했다든가, 경제적인 문제로 파산 위기까지 갔다든가 하는 여러 가지 상황들이 본인에게는 언제 일어났으며 그 위기를 어떻게 극복했는지 생각해보고 글로 써보자.

∥ 실습서(중년기 · 노년기편) p21 질문 ☞

  (생활) 경제적으로 가장 어려웠던 때는? 그 이후에 어떻게

      나아졌는가?

∥ 이 질문의 의도 ☞

  경제를 제외하고서 생활을 이야기할 수는 없다. 인간은 경제적 동물이고, 이 사회는 자본주의 시장경제 원리가 작용하는 곳이기 때문이다. 돈이라는 것이 항상 풍족할 수만은 없는 것이므로 경제적 위기를 겪는 경우가 종종 발생한다. 그런 경우가 언제였는지를 생각해보고 그러한 상황을 어떻게 극복했는지를 생각해본다. 이것을 글로 써보자.

∥ 실습서(중년기 · 노년기편) p22 질문 ☞

  (생활) 자녀들과 본인 간의 세대 차이를 느꼈는가?

∥ 이 질문의 의도 ☞

  세대 차이를 느끼는 것은 당연하다. 하지만 이것이 불씨가 되어 큰 문제로 번진다면 그것 또한 해결해야 할 일이 되는 것이다. 본인이 자녀들에게 엄한 부모는 아니었는가, 또는 자녀들에게 명령이나 지시만을 강요하지는 않았는가 생각해보자. 자녀와의 관계에서 세대 차이를 느낀 것은 어떤 상황에서였으며 또 그것에 어떻게 대처했는가, 그리고 자녀들을 부모의 기준에 맞추도록 강요하지는 않았는지를 생각해보고 글로 옮겨보자.

// 실습서(중년기 · 노년기편) p23 질문 ☞

(생활) 자녀들이 나의 어떤 점을 닮길 바라는가?

// 이 질문의 의도 ☞

자녀는 부모의 분신이며 희망이기도 하다. 그런 자녀들이기에 잘 되길 바라고 여러 가지 조언을 해주는 것도 당연한 일이다. 자녀가 부모의 장점을 닮길 바라는 것 역시 당연하다.

그러다 보니 자꾸만 정형화된 틀 속에 가두어두려고 하고 자녀의 인생 방향을 부모가 결정지어주려고 하는 경향이 생긴다. 장점을 닮는 것은 좋지만 그대로 따라 하길 바라는 것은 아무래도 무리가 있다. 자녀들이 결혼할 나이가 되어 배우자를 고를 때도 부모가 개입하려는 것은 바람직하지 않은 태도다.

그렇다면 자녀들이 자신의 어떤 점을 닮길 바라며 그 내용을 어떻게 자녀에게 전달하고 이해시킬지를 생각해보며 글을 써보자.

// 실습서(중년기 · 노년기편) p24 질문 ☞

(생활) 중년기 때, 인생에서 새롭게 경험했던 것을 말해보라.

// 이 질문의 의도 ☞

중년기가 되면서 새롭게 경험하는 것은 여러 가지가 있을 수 있다. 예전엔 모르고 지냈던 심적인 변화가 다가오기도 한다. 이전까지는 착실하게 살던 사람이 갑자기 바람을 피우기도 한다. 체력도 다소 떨어지는 듯한 느낌을 받는다. 일이 잘 풀린다면 청년기 때 성취하지 못했던 것을 중년에 들어서 성취하기도 한다. 이 외에도 많이 있을 것인데, 개인마다 모두 다르겠지만 본인이 실감한 변화들에 대해서 이야기해보자.

// 실습서(중년기 · 노년기편) p25 질문 ☞
　(가족) 현재(노년기), 가족 중 가장 많은 시간을 함께 보내며,
　　　　의지가 되는 사람은?
// 이 질문의 의도 ☞
　노년이 되면 가족 중 한 두 사람과 사별하는 경우가 있다. 남편이나 아내를 잃는다든가, 자녀를 멀리 떠나 보내고 생이별을 하는 경우도 있다. 정신건강을 유지하기 위해서는 가족들이 함께 한 집안에서 생활하는 것이 좋겠으나 여건상 그렇게 되지 못하는 경우도 많다. 부부가 함께 노년을 보낸다면 가장 많은 시간동안 함께 보내는 사람은 배우자가 될 것이다. 경우에 따라서는 배우자가 아닌 자녀나 이웃 또는 친구가 될 수도 있겠다. 독거노인이나 가족이 많지 않은 사람들은 복지관이나 문화센터에서 많은 시간을 보내는 사람들도 있다. 본인의 경우를 생각해 보고 그에 대한 이야기를 써보자.

// 실습서(중년기 · 노년기편) p27 질문 ☞

　(가족) 자녀들에 대해서 가진 생각을 말해보라. 자녀와의 관
　　　　계 등등…….

// 이 질문의 의도 ☞

　노년이 되어 자녀들과의 관계는 좋을수록 좋겠다. 하지만 젊
었을 때 자녀들과 오랜 시간을 함께 하지 못했던 부모라면 자녀
들과 좋은 관계를 유지하는 것이 그리 쉽지만은 않은 일이다.
부모는 고향에 살고 자녀들이 도회지에 나가 사는 경우라면 서
로 가까워지기가 더욱 어려울 것이다. 자녀와 소통이 되지 않는
다고 해도 부모가 자녀에 대해 가지는 생각은 있다. 그것을 생각
으로 정리해보고 글로 옮겨보자. 자녀가 현재 옆에 없더라도 있
다고 가정하고서, 하고싶은 말을 해보자. 이것을 정리하여 글로
옮기는 작업이 자녀와의 관계 개선에 도움을 줄 것이다.

// 실습서(중년기 · 노년기편) p28 질문 ☞

　(가족) 내가 죽은 후, 나의 재산은 어떻게 할 계획인가?

// 이 질문의 의도 ☞

　노년기에 접어들어 재산 문제를 정리하는 것도 대단히 중요한
일이다. 언젠가는 세상을 떠나야 할 것이고 그 이후에 남은 유가
족들에게는 재산 문제가 매우 중요한 현안이 되기도 한다. 재산
이 적은 부모의 자녀들이야 크게 다툴 일이 없다고 하더라도

부유한 부모의 자녀들은 아무래도 재산 문제에 민감해질 수가 있기 때문이다. 이 문제는 자녀들이 의논해서 결정할 문제라기보다 부모가 알아서 교통정리를 해주고 떠나는 것이 가장 좋은 해결책인 것 같다.

그러므로 본인 사후에 있을지도 모를 불미스런 일들을 미연에 방지하기 위해서는 본인이 살아있을 때 이 문제를 매듭짓는 것이 좋을 것이다. 이 문제에 대해 오랫동안 숙고해보고 글로 남겨보자.

// 실습서(중년기 · 노년기편) p29 질문 ☞
　(가족) 나이가 들수록 더욱 강해지거나 여전히 지니고 있는
　　　　자신의 가치는 무엇인가?
// 이 질문의 의도 ☞

사람들이 생각하는 '가치'라는 것은 모든 개인마다 다르다는 것을 알 수 있다. 가령, 한 사람에게 공짜로 돈을 주고 그 사람이 원하는 물건을 사라고 했을 때 모두 다른 물건을 선택하는 것처럼, 사람들이 추구하는 가치는 매우 다양하다. 사람들은 가치에 따라 행동하기 때문에 이 문제를 그냥 넘어갈 수는 없다. 나이가 들면서 중요하게 생각하는 것은 역시 '건강'이 아닐까 생각한다. 젊었을 때 가졌던 가치가 노년에 이르러 변하고 있는지 아니면 그대로 변함 없는지를 생각해보자.

돈에 대한 관념이나 집착도 예전과 변함이 없는가, 또는 사랑에 대한 개념, 정치나 사회에 대한 본인의 생각도 변함이 없는지 살펴보고 글로 서술해보자.

// 실습서(중년기 · 노년기편) p30 질문 ☞

  (가치) 섬김과 나눔, 봉사를 한 기억과 그것이 내게 준 기쁨에 대해 말해보라.

// 이 질문의 의도 ☞

연세드신 어르신들이 복지관이나 장애인 시설에 가서 봉사하는 모습들을 어렵지 않게 목격할 수 있다. 누군가를 돕는다는 것이 얼마나 보람있는 일이며 본인에게 기쁨을 주는지 알고 있기 때문일 것이다. 남을 위해 봉사한 적이 있는지 생각해보고, 없다면 앞으로 봉사할 의향은 없는지 자신에게 스스로 질문해보고 글을 써본다.

// 실습서(중년기 · 노년기편) p31 질문 ☞

  (가치) 지금 당신에게 가장 소중한 것은 무엇인가?

// 이 질문의 의도 ☞

가장 가치를 두고 살아가는 것이 무엇인지를 묻는 질문이다. 본인의 건강인지, 자녀 교육인지, 재산인지, 지인들과의 관계인지, 종교인지, 명예인지, 편하게 사는 만족인지 등등 현재 자신이 가지고 있는 최상의 가치가 무엇인지 생각해보자.

간혹 명예를 목숨보다 소중히 여기는 사람들도 있는데 그것을 소중히 여기는 이유도 함께 생각해보자. 자신이 최고의 가치로 여기는 것에 대해서 왜 자신이 그것을 최고의 가치로 여기는지를 남들도 이해할 수 있게 설명해보자. 이렇게 하면 자신의 마음을 들여다볼 수 있게 된다.

// 실습서(중년기 · 노년기편) p32 질문 ☞

(건강) 젊었을 때에 비해 체중이 늘었는가? 이유는 무엇인가?

// 이 질문의 의도 ☞

나이가 들면서 뱃살이 늘어나는 것이 일반적인 현상이다. 근육량은 줄어들고 운동량 또한 적어지기 때문이다. 체중이 늘어나면 성인병에 걸릴 확률이 그만큼 높아지므로 주의해야 하는데 현재 본인의 상태는 어떠하며 체중이 늘어난 이유가 무엇이라고 생각하는가? 사소한 식습관이나 행동습관이 있는 것은 아닐까 생각해보고 글로 써본다.

// 실습서(중년기 · 노년기편) p33 질문 ☞

 (계획) 남은 날들 동안 무슨 일에 가장 많은 시간을 쏟고 싶
      은가? 새로 더 배워야 할 것은 무엇인가?

// 이 질문의 의도 ☞

 사람마다 생각하는 것이 다르기 때문에 행동도 다르게 나타난
다. 죽음에 대해 생각하지 않을 수가 없는데 현재로부터 죽음을
맞이하는 마지막 순간까지 남은 날들을 어떻게 보낼 것인가를
생각하는 것은 매우 중요하다.

 앞을 못 보는 헬렌켈러는 사흘만 세상을 볼 수 있다면, 첫째
날은 사랑하는 이의 얼굴을 보겠고, 둘째 날은 밤이 아침으로
바뀌는 기적을 볼 것이며, 셋째 날은 사람들이 오가는 평범한
거리를 보고 싶다고 했다.

 본인에게 주어진 생의 날들이 얼마나 남았을지 모르겠지만
가장 의미있게 살겠다면 무엇을 하며 시간을 사용해야 하는지를
생각해보고 글로 써보자. 그리고 새로 더 배워야 할 것은 무엇일
지도 생각해보자.

// 실습서(중년기 · 노년기편) p34 질문 ☞

 (계획) 젊은 세대와 함께 해보고 싶은 일은?

// 이 질문의 의도 ☞

 젊은 세대와 함께 해보고 싶은 일도 있을 것이다. 신체 나이가

많아졌을 뿐 생각이 젊은 사람이라면 젊은이처럼 행동할 것이고 나이를 인정하고 싶지 않을 것이다. 그래서 젊은이들과 어울려 함께 해보고 싶은 일이 있다면 무엇일까를 생각해보고 글로 써 보자.

// 실습서(중년기 · 노년기편) p35 질문 ☞

　(사상) 국가관과 사회관, 이 나라가 가야 할 방향에 대해 말
　　　해보라.

// 이 질문의 의도 ☞

　나라와 민족에 대해서는 젊은이들보다 연세드신 분들이 더 많이 생각하고 염려할 것이다. 왜냐하면 우리나라의 근대사를 보더라도, 역사적으로 어려운 시절에 태어나서 온갖 시련과 풍파를 몸으로 겪으며 살아온 세대이기 때문이다. 과연 국가가 어느 방향으로 나아가야 하는지, 정치는 나라를 위해 어떻게 하는 것이 바람직한 것인지에 대해서 나름대로 확고한 가치관이 있으리라고 본다. 이것이 국가관이고 사회관이다. 이것을 젊은 세대에게 확실하게 일깨워주어야 하는 것 역시 노년기의 어르신들이 감당해야 할 책무이다. 그런 의미에서 나라와 민족을 걱정하는 글을 써보자. 평소에 생각해왔던 것들을 정리하여 글로 풀어 써 보자.

(사상) 남북통일에 대한 생각은?

// 이 질문의 의도 ☞

전쟁을 경험한 세대들, 혹은 전후세대들도 남북통일에 대한 생각은 아마 비슷하리라고 본다. 우리 민족이 반드시 풀어야 할 숙제가 바로 통일이기 때문에 이 문제에 관해서는 할 말도 많고 의견도 많으리라고 본다.

특히 노년기를 맞이한 사람들은 젊은 사람들의 안보의식이 걱정되기도 하고, 지난날 어른 세대가 짊어지고 살았던 민족의 아픔을 젊은 세대가 이해해주기를 바랄 것이다.

그런 의미에서 남북 문제에 대해서는 모두가 머리를 맞대고 고민해야 할 것이다. 어른들은 자라나는 세대들에게 교훈을 주어야 하고 젊은 세대는 그 뜻을 잘 받들어 국가의 미래를 책임지고 나아가야 할 것이다. 이 문제에 대한 자신의 소신을 밝혀보자. 하고 싶은 이야기를 글로 풀어 써보자.

// 실습서(중년기 · 노년기편) p37 질문 ☞

(사상) 일제 강점기를 어떻게 생각하며 일본에 대한 감정은?

// 이 질문의 의도 ☞

지금도 역사 왜곡을 일삼는 일본 정부의 입장에 대해서 본인이 느끼는 감정은 무엇인지 말해보자. 또, 우리 민족이 당한 수난과 일본에 대한 민족감정에 대해서도 이야기해보자. 요즘의 젊은 사람들은 역사를 체계적으로 교육받지 못한다. 입시제도의 문제점 때문에 교육에서조차 역사가 큰 비중을 차지하지 못한다. 후손들이 우리 민족의 역사를 제대로 알고 그것을 바탕으로 찬란한 미래를 건설해가야 할텐데, 역사를 제대로 알지 못하니 큰 문제가 아닐 수 없다.

그러기에 일본의 실체를 제대로 알고 있는 어른들이 이것을 기록으로 남길 필요가 있다. 학교에서 배우는 역사책은 아니더라도 개인의 역사책인 개인 자서전이 그 역할을 할 수 있다. 자서전을 쓰는 이유와 목적이 여기에도 있는 것이다. 사실의 기록을 남김으로써 사실을 더 이상 왜곡시키지 않도록 막아주는 장치가 되는 것이다. 생생한 실제 역사를 기록으로 남기자.

// 실습서(중년기 · 노년기편) p38 질문 ☞

(사상) 북한에 대한 나의 생각은?

// 이 질문의 의도 ☞

북한에 대한 생각을 정리하는 것도 매우 중요하다. 실제로 6 · 25전쟁을 겪은 사람들이 체험담을 남긴다는 것은 의미 있는 일이다. 전후세대나 신세대들은 정확히 알지 못하기 때문이다. 전해 들은 이야기가 있을지는 몰라도 상세한 내용을 알 수가 없다. 하지만 직접 체험한 사람들이 쓴 이야기들은 교육 자료로도 활용될 수 있다. 북한에 대한 자신의 생각을 정리해보자.

// 실습서(중년기 · 노년기편) p39 질문 ☞

(사상, 종교) 자신의 내세관을 말해보라.

// 이 질문의 의도 ☞

내세관은 종교와 관계가 있다. 죽은 후의 세계에 대한 생각이기 때문에 종교마다 다를 수 있고, 또 그것을 받아들이는 사람마다 다를 수 있다. 이것은 인생을 정리하고자 하는 노년기의 어르신들에게는 매우 중요한 작업이다. 세상과 하직하면 그 다음은 어디로 향하는지 진지하게 고민해보아야 한다.

내세가 없다고 생각하는 사람은 걱정할 것이 없겠으나 그렇지 않은 사람이 더 많기 때문이다. 사후세계에 대해서도 자신의 생각을 정리해보고 또 자신을 떠나보내고 세상에 남아있을 사람들에 대해서도 하고 싶은 말을 남겨야 할 것이다.

자신의 흔적을 남기는 일은 매우 중요하다. 그래서 자신의 책을 남기는 일은 돈을 남기는 것보다 더 값지다. 자신의 사상이 담겨있는 기록물을 남겨보자.

// 실습서(중년기 · 노년기편) p40 질문 ☞

(여가) 가장 좋아하는 취미는? 가장 즐기면서 하는 일은?

이 질문은 노년기에 해당하는 질문이다. 노년기에 취미를 가진다는 것은 좋은 일이다. 대부분의 어르신들은 남아도는 시간을 어떻게 사용해야 할지 몰라서 고민하는 경우가 많다. 이는 주위에서 흔히 볼 수 있는 현상이다. 바둑이나 장기로 시간을 보내는가 하면 등산이나 낚시를 하기도 한다. 체력만 따라준다면 운동을 열심히 하는 것도 좋은 방법이다. 취미활동을 할 때 중요하게 생각할 것은 과연 즐기면서 할 수 있느냐는 것이다. 좋아서 하는 활동이라면 적극 권장할 일이다. 본인이 하고 있는 취미활동에 대해서 다각도로 생각해보고 그 안에서 이야깃거리를 찾아보자.

// 실습서(중년기 · 노년기편) p41 질문 ☞

(영적인 삶) 자면서 자주 꾸게되는 꿈은?

// 이 질문의 의도 ☞

꿈은 현실세계에서 작용하는 복잡한 정신작용이 무의식과 만나 하나의 영상을 보여주는 형태로 나타난다. 꿈이 의미하는 바는 나이와 연령과 성별, 그리고 환경에 따라 다르기 때문에 해석하기 곤란하지만 그 내용이 현실세계를 어느 정도 반영하고 있기에 본인의 상태를 점검하는데도 한 몫을 하리라고 본다. 자주 꾸는 꿈의 내용이 어떤 것인지를 나름대로 분석해서 본인의 심리상태를 점검해보는 것이 좋을 것이다. 또 이것에 대해 글로 표현해보는 것도 좋은 글쓰기 작업이 될 것이다.

∥ 실습서(중년기 · 노년기편) p42 질문 ☞

  (영향) 현재의 자신이 있게 되는데 가장 영향을 끼친 사람
        은?

∥ 이 질문의 의도 ☞

  사람은 누구나 타인에게 영향을 받고 또 영향을 주면서 살아간다. 그러므로 현재의 자기 자신이 있게 되기까지 무수한 사람들의 영향을 받았을 것이다. 때로는 좋은 영향, 때로는 나쁜 영향을 받고 여기까지 온 것이다. 그렇다면 내게 영향을 준 사람은 누구였고 그는 내게 어떤 의미가 있을까를 생각해본다. 또 그로 인해 내 인생에 좋은 변화가 생겼는지 아니면 그 반대인지도 함께 따져본다. 누구를 만나느냐에 따라 인생은 크게 달라질 수 있는데 그 만남에 대한 평가와 분석을 스스로 해보는 것이다. 그리고 지금까지 흘러온 나의 인생이 그 영향권 아래에 있었다는 것을 깨닫고 그 의미를 부여해보는 것이다. 그런데 그동안 만난 사람 이외에도 내 인생에 영향을 주는 것들이 있다. 책이나 영화, TV나 라디오와 같은 매체를 통해서 나의 인생이 영향을 받는 경우도 있으니 말이다.

// 실습서(중년기 · 노년기편) p43 질문 ☞

(은퇴) 은퇴 후 가장 달라진 것은?

// 이 질문의 의도 ☞

은퇴를 하는 시점은 사람마다 다르겠으나 누구나 언젠가는 은퇴해야한다. 그런데 그것을 전후로 해서 많은 변화가 다가온다. 매일 다니던 직장에 나가지 않게 되고, 집에 찾아오던 손님도 부쩍 줄어들게 되고, 남는 시간이 많아져서 무언가 할 일이 없을까 고민하기도 한다. 신체 리듬이 변화되기도 한다. 은퇴 후 새로운 직업을 찾아다니는 사람들도 많지만 그리 쉽지 않은 것도 사실이다.

또, 이러한 변화들을 받아들이며 어떤 생각을 하게 되는지, 남은 날들을 어떻게 보내야 할는지 깊이있게 생각해보고 정리하며 글을 써보자.

// 실습서(중년기 · 노년기편) p44 질문 ☞

(은퇴) 은퇴 후 수입은?

// 이 질문의 의도 ☞

은퇴 후에도 계속 경제활동을 해야 하므로 고정적인 수입은 있어야 한다. 실제로 이것을 걱정하는 사람들이 많은데 본인의 경우에는 어떤 수입에 의존하는지, 또 그것을 위해서 어떤 일을 하는지, 어떤 일을 할 것인지, 미래에 대한 계획과 실천 목표에 대해 써보자. 젊었을 때부터 은퇴를 준비했다면 크게 걱정할 일은 아니겠으나 그렇지 않다면 장기적인 계획을 세워보는 것이 좋겠다.

// 실습서(중년기 · 노년기편) p44 질문 ☞
  (정신건강) 나는 정신적으로 건강한가? 영적인 충만감은 어느 정도인가?

// 이 질문의 의도 ☞
  정신적인 건강은 노년에 매우 중요하다. 육체적으로도 쇠퇴하기 때문에 정신이 건강하지 못하면 노화를 늦추기가 쉽지 않다. 스스로의 상태를 점검해보고 만일 건강하지 않다면 무엇을 어떻게 해야할까를 생각해본다.
  정신을 건강하게 하는 방법은 여러 가지가 있을 것이다. 운동을 열심히 한다든지, 대인관계를 더 넓혀간다든지, 종교활동을 열심히 하는 것도 방법이 되지 않을까? 본인에게 맞는 방법을 찾아 정진하는 것이 가장 좋을 것이며 이것에 대해 생각을 정리하며 글을 써보자.

// 실습서(중년기 · 노년기편) p45 질문 ☞
  (정신건강) 오래 전에 일어난 일 중에서 지금까지 용납되지

않는 일은?

// 이 질문의 의도 ☞

누군가에 의해 본인이 크게 손실을 입었다든가 마음의 상처를 입었다면 그 상대를 용서하는 일이 쉽지 않을 것이다. 그런데 이것을 마음 깊이 간직하고 있으면 병이 되기 때문에 정신건강에 악영향을 준다. 자기 자신을 위해서라도 떨쳐버려야 하는데 이때 활용되는 방법이 감정적 글쓰기이다. 트라우마에 대한 글쓰기는 심리 치유에 도움이 되므로, 마음의 상처를 용기 있게 글쓰기로 승화시켜보자. 본인의 정신건강을 위해서 하는 것이므로 용기 있게 도전할 필요가 있다.

// 실습서(중년기 · 노년기편) p46 질문 ☞

(정신건강) 고독을 느끼는가? 어떻게 극복하는가?

// 이 질문의 의도 ☞

고독하다는 것은 참으로 견디기 어려운 감정이다. 노년이 되면 젊었을 때와 달리 심리상태가 많이 약화되어 있으므로 사소한 것으로부터 서럽고 서운함을 느끼게 되고 쉽게 노여워하기도 한다. 이러한 감정을 스스로 제어하지 못하면 가족들이나 이웃들과도 원만하게 살지 못하게 된다.

고독한 감정을 제어하기 위해서 본인은 어떤 방법을 사용하는지, 만일 방법이 없다면 누구에게 도움을 구해야 하는지를 생각

해보자. 전문가를 찾아가야 할지 아니면 스스로 해결할지 생각
해보고 그 생각을 글로 옮겨보자.

// 실습서(중년기 · 노년기편) p47 질문 ☞
  (친구) 친구들에 대해 말해보라. (처음 만난 때. 그는 내게 어떤
      친구인가?) 현재 연락이 되는 친구들은?
// 이 질문의 의도 ☞
  우리는 친구에게 영향을 많이 받는다. 인생에 정말 도움이
되는 친구들도 있고 그렇지 못한 친구들도 있을 것이다. 노년이
되면 연락이 되는 친구도 많지 않기 때문에 더 외로움을 느낄
수도 있다. 내게 영향을 준 친구는 누구이며, 그는 내 인생에서
어떤 의미를 갖는 사람인지 생각해보자.
  아울러, 젊었을 때 만난 사람들과 근래에 만난 사람들까지
모두 생각해보고 그 사람들의 특징은 무엇이며 나와의 관계는
어떠한지를 정리해보고 글로 옮겨보자.

// 실습서(중년기 · 노년기편) p48 질문 ☞
  (회고) 인생에서 가장 기뻤던 일을 세 가지만 써보라.
// 이 질문의 의도 ☞
  이 질문은 약간 광범위하다. 큰 주제라고 할 수 있는데, 물론

기쁜 순간이 수없이 많았겠으나 딱 세 가지만 꼽으라면 무엇을 말하겠느냐는 질문이다. 이것을 고르는 것도 쉽지 않다. 그렇기 때문에 더 많이 생각하게 되고 더 많은 이야깃거리가 나올 수 있다.

기뻤던 일이 어디 한 두가지랴. 그러나 정말 무덤에 가는 순간까지 잊지 못할 큰 기쁨이 있었다는 것을 기억하는 것만으로도 행복하고 감사한 마음이 들게 된다. 여성분들에게 이같은 질문을 하면, 첫 아기를 낳았을 때라고 말하는 것을 많이 들었다. 본인의 경우에는 어떠한가? 어느 순간이 가장 기뻤는가 잘 생각해보고 써보자.

// 실습서(중년기 · 노년기편) p49 질문 ☞
　　(회고) 자신이 성공했다고 생각하는가? 어떤 의미에서 성공했는가?
// 이 질문의 의도 ☞
'성공'의 기준은 사람마다 다르다. 다를 수밖에 없다. 가치 기준이 다르기 때문이다. 돈을 많이 버는 것도 성공이 될 수 있고, 건강하게 사는 것도 성공이라고 할 수 있다. 가족끼리 오순도순 사는 것, 꿈을 성취한 것, 하고 싶은 일을 하는 것도 성공이라고 할 수가 있는 것이다.

나름대로 '성공'의 정의를 내려보자. 내 인생에서 어느 부분이 성공이었나, 또 인생 전체가 성공적이었나, 아니면 부분적으로만 성공적이었나 하는 것을 잘 생각해보고 그것이 어떤 의미인지를 생각해보고 글로 써보자.

// 실습서(중년기 · 노년기편) p50 질문 ☞
(회고) 젊은 시절로 돌아간다면 가장 해보고 싶은 일은?
// 이 질문의 의도 ☞

이것은 현실에서는 불가능한 일이지만, 다시 옛날로 돌아가 똑같은 상황에 처한다면 같은 결정을 내리겠는가를 물어보는 질문이다. 또, 하지 못해서 아쉬웠던 점이 있다면 그것을 했을 상황을 가정해서 글로 써보는 것이다. 타임머신을 타고 과거로 돌아가는 것은 불가능하다. 그러나 우리의 의식은 과거로 돌아가 전혀 다른 삶을 살아볼 수 있는 것이다. 상상력과 생각하는 능력이 있기 때문이다.

가령, 정치를 하고 싶었는데 하지 못했다면 정치인이 되었을 상황을 가정해서 글을 써보고, 사업을 하고 싶었는데 하지 못했다면 그 상황을 가정해서 글을 써보는 것이다. 이러한 글을 써보면 진정으로 자신의 내면에서 울려오는 소리를 들을 수 있다. 말하지 않았고 실천하지는 않았지만 진정으로 자신이 원했던 자신의 자화상을 찾아내는 계기가 될 것이다. 내면의 소리에 귀를 기울이자. 그리고 그 이야기를 글로 써보자.

∥ 실습서(중년기 · 노년기편) p51 질문 ☞

(회고) 해결하지 못한 과제는 무엇이 있는가?

∥ 이 질문의 의도 ☞

정말로 아쉬움이 남는 것은 해결하지 못한 일일 것이다. 가령, 아들을 장가보낼 때 결혼 자금을 마련해주지 못해서 가슴이 아팠다든가, 돈을 벌어 내 집을 장만하고 싶었는데 하지 못했다든가 하는 아쉬움이 있는지 생각해보자. 또 이제라도 그 과제를 해결할 수 있는지도 생각해보고 글로 써보자.

∥ 실습서(중년기 · 노년기편) p51 질문 ☞

(회고) 내가 정치인이 되었다면 무슨 일을 했을 것 같은가?

∥ 이 질문의 의도 ☞

실제로 정치에 도전하는 사람들이 아니더라도 정치에 관심을 갖는 사람들은 매우 많다. 여건이 허락되지 않아서 하지 못할 뿐 기회만 된다면 하겠다고 하는 사람들도 꽤 많다. 정치를 하겠다는 사람들은 뭔가 변화를 간절히 원하는 사람들이 아닐까? 세상의 모습을 바꾸고 싶어하는 사람들이라고 생각된다. 만일 자신이 실제로 정치를 하게 된다면 어떤 일을 했을까를 생각해보자.

// 실습서(중년기 · 노년기편) p52 질문 ☞

(후회) 용서나 화해를 하고 싶었지만 하지 못한 것이 있는가?

// 이 질문의 의도 ☞

용서를 한다는 것은 말처럼 그렇게 쉬운 게 아니다. 말로는 용서한다고 하지만 마음속 깊은 곳으로부터 진정한 용서를 한다는 것은 매우 어려운 일이다. 살다 보면 본의 아니게 다른 사람과 사이가 나빠질 때도 있고 안 좋은 일을 당할 때도 있다. 또 반대로 내가 남에게 상처 주는 행동을 할 때도 있다. 이것을 그대로 내버려두고 덮어두려고만 한다면 상처는 안에서 곪아 병이 될 수도 있다. 그러니 용서하고 화해하는 것이 당연한 일일 것이다. 나도 남을 용서할 일이 있고, 남에게 용서를 받아야 할 일도 있을 것이다. 이것을 찾아보자. 오랫동안 잊혀졌던 기억 속에 남은 아픔과 상처들을 치유하자. 글을 통해 정리하고, 실제로 당사자와 화해하자.

// 실습서(중년기 · 노년기편) p53 질문 ☞

(기타) 나이가 들어서 좋은 점과 나쁜 점은? 이익과 불이익?

// 이 질문의 의도 ☞

나이가 들어서 좋은 점도 있고 나쁜 점도 있다. 우선 연세드신 분들에게는 아랫사람들이 양보해주는 것이 많고 대우해주는 것도 많다. 우리나라에는 아직도 전통적인 사상들이 많이 자리잡고 있기 때문에 그렇다. 점점 서구화되어 경로효친 사상이 옅어지는 것은 사실이지만 아직도 우리 사회를 지탱해주는 끈이 되기도 한다. 반대로, 나이 들어서 나쁜 점이 있다면 체력과 정신력이 떨어지기에 젊은이들처럼 하고 싶은 일을 마음대로 하지 못하고 뒷전에 물러나 있어야 한다는 점일 것이다. 이외에도 장점과 단점은 무수히 많다. 본인이 생각하는 바는 무엇인가? 이 주제를 가지고 글을 써보는 것도 매우 의미 있는 일이 될 것이다.

// 실습서(중년기 · 노년기편) p53 질문 ☞

  (기타) 죽기 전, 남기고 가고 싶은 것은?

        (돈? 명예? 사상? 교훈? 자서전?)

// 이 질문의 의도 ☞

세상에 흔적을 남기고 간다는 것은 매우 의미있는 일이다. 한 평생 땅을 딛고 살아왔건만, 죽은 후에 흔적이 하나도 남지 않는다면 얼마나 허무한가? 사람들은 이 땅에서 영생할 수가 없으니 자식을 낳아서 자신의 뒤를 이어가기를 바라고 돈을 남기는 것 같다. 그렇다면 진정으로 남길 것은 무엇일까? 어떤 이는 명예를, 어떤 이는 사상을, 어떤 이는 교훈을 남길 것이다. 그렇다면 나는 과연 무엇을 남길는지 생각해보자. 자서전을 남길 것인가? 훌륭하다. 그러니 자서전에 나의 사상을 담아 남겨보

자. 다른 사람은 몰라도 자녀는 그 자서전을 보물처럼 간직하지 않을까? 내가 세상을 떠난다는 것을 가정하고 과연 무엇을 남길 것인지 잘 생각해보고 글로 풀어 써보자.

　이상으로, 각 질문에 대한 답변을 찾아내는 요령에 대해 설명했다. 이것으로 글감을 찾아내는 데는 많은 도움을 받을 수 있다. 글감을 찾아내고 그것을 이야기로 꾸며내는 것은 스토리텔링 기법을 사용하면 된다. 이 토막글들이 완성되면 전체 목차를 정하고 새롭게 배열한다. 글의 순서를 정하고 약간의 리라이팅 작업을 거치면 훌륭한 자서전이 될 것이다.
　'나를 찾아 힐링하는 자서전 쓰기'는 진정한 나를 찾아 떠나는 자서전 여행이다. 긴 여행 끝에 맞닥뜨린 자신의 참 모습에 새삼 감탄하게 될 것이다. 그 곳에서 만난 '나'는 환한 미소로 여러분을 두 팔 벌려 환영할 것이다. 긴 여행을 마치고 돌아온 자신에게 끝없는 찬사를 보낼 것이다. 나에게 박수를 친다.